胸に触れられても動揺を見せず、
笑いながら「くすぐったいからやめてくれ」などと言いだした。
illustration by TOMO KUNISAWA

慈《じ》愛《あい》の翼《つばさ》～紫《し》眼《がん》の豹《ひょう》と漆《しっ》黒《こく》の鳥《ちょう》～

犬飼のの
NONO INUKAI

イラスト
國沢 智
TOMO KUNISAWA

Lovers Label

CONTENTS

プロローグ

卵殻《らんかく》の中で百年、孵化《ふか》して二十年――一族の掟《おきて》では百二十歳と数えられるが、人生経験はまだ浅いユーリ・ネッセルローデ王子は、初めての日本に興奮《こうふん》していた。越冬のために仲間や白鳥《はくちょう》の群れと共にシベリアをあとにし、三千キロ以上も飛んで海を渡ってきたのだ。

黄昏《たそがれ》の空には雪がちらほらと舞っていたが、住み慣れたウラジオストクやシベリアと比べると、この国は本当に暖かい。長旅の疲《つか》れも吹き飛んで、開放的な気分になれた。

――ああ、なんて素晴らしい！　雪が降ってもこんなに暖かいなんて！

白鳥達とは途中で別れ、そのうえ仲間ともいつしかはぐれてしまったユーリは、そんなことは気にも留めずに独り遊びに興じる。体中の血が停滞《ていたい》しそうな極寒の地とは違って、ここでは翼《つばさ》を思い切り広げたくなるのだ。水浴びがこんなに楽しいなんて何ヶ月ぶりだろう。

人間は、自分達を見ると珍《めずら》しい白鳥だと言って大騒ぎをする。だから決して見つかってはいけないが、ユーリは大胆《だいたん》な水浴びをやめられなかった。ここがどこであるかもわからないのに、雪《ゆき》化粧《げしょう》された渓谷《けいこく》の狭間《はざま》の湖《みずうみ》が気に入ってしまい、離水と着水を何度も繰《く》り返す。水飛沫《みずしぶき》を上げて飛翔《ひしょう》し、優雅《ゆうが》に降り立っては水を掻《か》き、バシャバシャと音を立てて水玉《たま》を空に散らした。

何しろここには氷山《ひょうざん》も流氷《りゅうひょう》もない。水は静かで風も程よく、堪らなく心地《ここち》好い冷たさだ。誰も居ないのに、淋《さみ》しいなんて思いもしなかった。爽快感《そうかいかん》に酔《よ》いしれながら心で歌い、翼で踊《おど》る。

あまりにも興奮し過《す》ぎたユーリは、熱を冷まそうとして湖のほとりに寄った。薄い雪の絨毯《じゅうたん》は如何《いか》にも冷たそうで、落ちゆく夕陽も届かずに青白く陰《かげ》っている。腹を当てて休んだら、きっと火照《ほて》りも冷めるだろう。ここがどこなのか、少しは冷静に考えられるかもしれない。

ユーリは白鳥にあるまじき翡翠色《ひすいいろ》の瞳《ひとみ》を煌《きら》めかせながら、積雪の上をてくてくと歩いた。足がひんやりしたが、それでも日本の雪は温かく、昂《たかぶ》った気持ちは一向に静《うず》まらない。あまりうろつくのも危険なので、湖から離れないよう気をつけながら雪に腹部を埋めてみた。長い首を駆使《くし》して周囲を見渡すと、水上に突きだす木や、聳《そび》える渓谷が目に飛び込んでくる。とても風光《ふうこう》明媚《めいび》な湖だ。夏場は人間が押しかけてくるのだろうが、冬の今は雪と静寂《せいじゃく》が支配している。

——小屋はあるが人の気配はないし、ここは穴場かもしれないな。

歓喜《かんき》に打ち震《ふる》えるユーリは、この場所を仲間達に教えたいと思った。

何しろ日本は人口密度が高く、安心してのんびり水浴びできる場所は少ないのだ。

そうかといって本拠地《ほんきょち》シベリアでも油断はできず、望遠レンズで狙《ねら》われて写真を撮《と》られたり、罠《わな》を張られて捕獲《ほかく》されたりする危険が常にあった。本物の白鳥は現存する飛行可能な鳥類の中で最も重いが、ユーリや一族の者が擬態《ぎたい》した白鳥はそれを上回る。当然体も大きく、開帳した翼は四メートル以上あった。そのうえ瞳は翡翠色だ。人間の目に触れるたびに伝説やニュースになり、命まで脅《おびや》かされる。それに、人間に知られることによってさらに恐ろしいことが起こるかもしれないのだ。自分達を最高の餌《えさ》だと思っている、悪しき者達が徒党《ととう》を組んで狩《か》りにきて——。

——っ……！

陸に上がって雪に埋《う》もれていたユーリは、突如《とつじょ》感じた殺気《さっき》に反応する。

振り向きもせずに翼を広げ、この場から飛び立とうとした。生き延びるために本能が働いて、脊髄反射《せきずいはんしゃ》の勢いで雪の上を駆《か》ける。擬態時に最も安全な場所は空だ。天敵《てんてき》が支配する陸は危険な場所。安心できるのは空しかない。

――うあ、っ……あ、足が……！

雪の中を駆けて飛び上がった瞬間、足を鋭《するど》い物で押さえつけられた。

ユーリは白鳥の姿でギィギィと鳴きながら、力いっぱい翼を広げる。中型の獣《けもの》くらいなら振り切れる力が自分にはあるはずだ。そう信じて羽ばたくと、攻撃《こうげき》してきた何かと共に少しだけ舞い上がった。異様に重く感じたが、それでも飛び続ければ逃げられるはずだ。

――大丈夫だ、振り切れる！　私なら飛べる！

一度落ちかけながらも再び浮いたと思った刹那《せつな》、右翼《うよく》のつけ根が焼かれたように熱くなった。

尖《とが》った何かが肉に食い込んでくる。

絶叫《ぜっきょう》しながら墜落《ついらく》すると、さらに深く咬《か》みつかれた。

その瞬間、ユーリは初めて死というものを意識する。

餌として食い殺される恐怖と痛みは、覚悟《かくご》していた以上のものだった。

嘴《くちばし》が勝手に開いてけたたましい鳴き声を上げ、全身の筋肉が激しく痙攣《けいれん》する。せめて湖に飛び込もうとして足掻《あが》くが、猛烈《もうれつ》な力で後方に引きずられてしまった。どんなに羽ばたいても、翼は雪を掻くばかりだ。視界は見る見るうちに赤く染《そ》まっていく。

──っ、ぐ、あぁ……体が……!!

獣《けもの》の唸《うな》り声が聞こえてきて、今度は脇腹《わきばら》を咬《か》まれた。血が抜けていくのがわかる。

百年も卵の中に居て、ようやく孵化して二十年。それなのにこのまま呆気《あっけ》なく死ぬのだろうか。

そうなれば直系王族の血も絶《た》えてしまう。群れとはぐれるほど意識が散漫《さんまん》になっていた自分が悪いのはわかっているが、せめてもう少し、王子として役に立ってから死にたかった。

──ああ、でも……人間に見つかったわけではない……それだけは、よかった。

薄れゆく意識の中で、ユーリは黄金《おうごん》の豹《ひょう》の姿を目にする。獰猛《どうもう》な唸り声は獲物《えもの》を捕らえた獣の歓喜の声だ。鎌《かま》のような爪《つめ》を深く食い込ませてきたかと思うと、体の柔《やわ》らかい所に咬みついて、牙《きば》をずぶりと刺《さ》してくる。梅の花の形に似た斑紋《はんもん》は返り血に染まり、紫の瞳は爛々《らんらん》と光っていた。

──食べるなら、一片も残さず食べてくれ。この亡骸《なきがら》が人目に触れることがないように……。

擬態化したまま死ぬ様《さま》は、実際に目にしたことがある。血肉を食らわれたあとは何も残らず、骨《ほね》は粉《こな》のように脆《もろ》く砕《くだ》けて消えるのだ。羽根すらも細い繊維《せんい》の形に崩《くず》れて消える。

科学が発達した今の世で人間に血や肉を調べられ、異端《いたん》の生物だと暴《あば》かれることに比べたら、獣の命の糧《かて》になったほうが遥《はる》かにましだ。そうすれば、仲間の身を危険に晒《さら》すことはない。

──随分《ずいぶん》と、嬉《うれ》しそうな顔を……するんだな。私の血は、そんなに美味《うま》いか?

死を覚悟したユーリは白鳥の姿のまま血に塗《まみ》れ、自分を食らおうとする豹を見ていた。

遂《つい》にその牙が首に向かい、とどめを刺される時が来る。最期《さいご》の足掻きで飛ぼうとするものの、片翼《かたよく》しか動かせなかった。豹に踏みつけられた体は重く、赤い雪を掻くことしかできない。

――……っ、え……？


鋭《するど》い牙が首に触れる寸前、ユーリは豹の瞳の色が異様であることに気づく。

あまりにも美しい色なので違和感を覚えるのを忘れていたが、アムール豹と思われるこの豹の目の色は明らかにおかしかった。まるで水銀を混ぜたようにぎらぎらと光る紫の瞳は普通の獣のそれではない。そもそも日本に野生の豹など居るわけがないし、豹にしては大き過《す》ぎた。

――ただの獣じゃない……この豹、魔族か⁉　紫の目は……貴族悪魔《きぞくあくま》の証《あかし》！

人間以上に避《さ》けたい天敵、自分達が生存していることすら隠《かく》したい相手が目の前に居る。

それも特に強い上級の魔族だ。単純に食い殺したりはせずに、生け捕《ど》りにするつもりだろう。

このままでは、地上のすべての魔族を統率《とうそつ》する魔女の宗教会《しゅうきょうかい》――ホーネット教会の本部に強制《きょうせい》連行《れんこう》されてしまう。そして死ぬまで血を抜かれ続けるのだ。

空を飛ぶことは疎《おろ》か太陽を拝《おが》むことさえ許されず、鉄枷《てつかせ》で地下牢《ちかろう》に繋《つな》がれ、生ける食糧として一生飼《か》い殺しにされる。

――嫌だ！　そんなのは絶対に嫌だ‼

一際《ひときわ》高い声で囀《さえず》ったユーリは、死ぬ覚悟を覆《くつがえ》し、逃げる覚悟を決めた。

まずは白鳥の擬態を解き、変容《へんよう》することで逃げる隙《すき》を作ろうとする。

白鳥から人型へ、しかし翼はそのまま残して一気に飛び立った。

『……っ、鳥人《ちょうじん》⁉　バーディアンだったのか⁉』

豹を振り切って舞い上がると、頭の中に直接声が届く。若い男の声で、日本語だった。

男の声は驚《おどろ》きに満ちており、それによりユーリは自分が大きな失態を犯《おか》したことを知る。

この獣人《じゅうじん》系貴族悪魔は、目の前の白鳥がバーディアンであることに気づいていなかったのだ。ならば大人しく食われておけばよかった。変容したことでバーディアンが未だに生存していることや、日本に居ることを知られてしまった。ただの白鳥で終わっていれば、仲間を危険な目に遭《あ》わせることはなかったのに――。

「く……っ、ああ……」

黄金の髪を靡《なび》かせて木々の上まで飛んだユーリは、右翼の痛みで失速する。

空中で翼を動かせなくなれば、その先には墜落しかなかった。いくら左翼を動かしたところで舞うことはできず、人間達に天使と称される姿のまま落ちていく。

「う、あぁ――っ!!」

これでもう終わりだと悟《さと》った瞬間、ユーリは背中に生《は》やしていた翼を体内に収納した。最も見られてはならないバーディアンとしての姿を隠して、完全な人型になる。

目を閉じた途端《とたん》、ドッ！　と鈍《にぶ》い音が立ち、背中と膝裏《ひざうら》に衝撃《しょうげき》を感じた。

骨や肉が潰《つぶ》れる激痛を覚悟していたのに、何故《なぜ》かそれほど痛くはない。

別の痛みはあったが、それはすべて豹に負わされた傷によるものだった。

「――っ、う……ぅ」

薄く目を開けると、若い男の顔が見える。落下の衝撃が少なかった理由がわかった。

――黒髪……紫の、目……。

男の髪は東洋の神秘《しんぴ》の如《ごと》く艶《あで》やかな漆黒《しっこく》、目の色は磨《みが》き抜いた紫水晶《アメシスト》のような紫だった。

どことなくロシアの血を感じさせる顔立ちで、美しさと雄々しさを兼ね備えた魅力的《みりょくてき》な男だ。

雪が降りしきる中、彼は衣服を身に着けていなかった。抱かれているので今見えるのは胸から上だけだったが、おそらく全裸《ぜんら》だろう。十中八九、先程の豹が変容した姿だ。

——ホーネットの女王は、バーディアンを生け捕りにしろと……配下の者に命じているはず。私は地下牢に繋がれて、死ぬまで生き血を啜《すす》られる……。

今ここで殺してもらえないことに、身も凍《こお》る思いだった。

死ぬことも恐ろしいけれど、少なくとも死によって苦痛は終わる。死んでからも恐怖や痛みに悶《もだ》えることはないのだ。生き地獄《じごく》に比べたら、豹に食われて死んでしまったほうがよかった。

このまま仲間達まで捕まって、誰もが同じ運命を辿《たど》ったらどうすればいいのだろう——自分の過失のせいで誰かを巻き込むのは耐《た》えられない。一族の中で最も若い自分は仲間に恩義《おんぎ》があるばかりで、まだ何も返せていない。迷惑《めいわく》をかけるくらいなら独りで死にたかった。

「……殺し、て……くれ……」

ユーリは日本語で、たった一言口にした。この美しい男に殺されて、今果ててしまいたい。

しかし本当に言えたのかどうか自信がなかった。血を失い過ぎて、急速に気が遠退《とおの》いていく。

獣人の男はしばらくしてから、「いいよ」と答えてくれた。意識を失う寸前に聞いた幻聴《げんちょう》かもしれないが、その声はとても冷静で、今以上に悪い事態にはならない予感を覚えた。

1

魔族を統《す》べる宗教会――ホーネット教会に所属する豹族の貴族悪魔、李蒼真《リーツァンヂェン》は、とんでもない拾い物を前に困惑《こんわく》していた。人間がイメージする天使そのものの姿を持つ鳥人、バーディアンと遭遇《そうぐう》したうえ白鳥と間違えて襲撃《しゅうげき》し、重傷を負わせてしまったのだ。

ここは長野県王滝村《おうたきむら》にある王滝川上流部に位置する自然湖のほとりで、教会幹部として日本の関東甲信越の管理を任されている蒼真《そうま》は、自身の担当区域でバーディアンを発見したことを教会本部に知らせる義務があった。そして今目の前で眠っている青年バーディアンを拘束《こうそく》し、女王に献上《けんじょう》しなければならない。

――純粋培養《じゅんすいばいよう》の人間を上回る上質な体液……栄養満点で、強い子を生む糧になり、女王の肌を艶《つや》めかせる抜群の美容液にもなる……か。うん、まあ……納得。

湖の近くに建つ私有の山小屋の中で、蒼真《たま》は男の肌の匂《にお》いを嗅《か》ぐ。

一応止血《しけつ》はしたが、血が染みた包帯から堪らなくいい匂いがした。カモミールに近い芳香《ほうこう》だが、木天蓼《またたび》を嗅いだ時のような幸福感が押し寄せてきて、くらくらと酔いそうになる。しかし何より強烈《きょうれつ》なのは食欲の増進だ。単に腹を満たしたいのではなく、全神経がこの男の血肉を求めてやまない。そもそも蒼真は白鳥を襲《おそ》うことなどないし、獲物としては大き過ぎる鳥だったのに、判断力が鈍《にぶ》ってしまった。どうしても食べたくて仕方がなくて、欲求を抑え切れなかったのだ。

人型の蒼真が包帯に染みた血をぺろりと舐《な》めると、男は寝返りを打って呻《うめ》く。

「う……う……」

痛かったかな……と思って舌を引きつつも、匂いを嗅ぐのはやめられなかった。

何しろバーディアンは教会本部の地下牢に居る数十体のみを残し、他は絶滅《ぜつめつ》したと噂《うわさ》に聞いていたのだ。初めて味わうレアな甘露《かんろ》に、ぞくぞくとさせられる。

――さて、どうしたもんかね。これからクーデター起こそうって時に女王に栄養やる気は更々《さらさら》ないけど、見逃《みのが》したのがバレて査察《ささつ》が入るとかなりまずい。いっそ国外に飛んで逃げてくれれば知らん顔もできるけど、しばらく飛べないよな、これじゃ……。

蒼真は男の背中に顔を埋め、右の肩甲骨《けんこうこつ》に唇《くちびる》を寄せる。

包帯を厚く巻いておいたが、重ねた白い布の向こうには生々《なまなま》しい傷があるのだ。

そこから香《かお》ってくる血の匂いはこの上なく甘美《かんび》なもので、体中の細胞《さいぼう》が踊りだしそうになる。

豹に変容して傷を舐め、ぱっくりと裂《さ》いて生き血を啜ることができたら……そして生温かい肉を噛み千切《かちぎ》ることができたら、どんなに幸せな気分だろう。恍惚感《こうこつかん》で達《い》ってしまうかもしれない。

――あー……ダメだダメだ……落ち着け俺。とりあえず一旦《いったん》家に帰って牛フィレでも食べて、コイツの食糧を持ってこないとな。確か主食は穀類《こくるい》で、パンが好きだったはず。

蒼真は男に背を向けて立ち上がると、一時的に着ていた服を脱《ぬ》ぐ。

ここから自宅は遠いため、豹のまま途中まで行って別の場所で改めて着替え、人間として帰宅する予定だった。

家には放って置けない家族が居るので、様子を見に帰って腹を満たしてから、夜中にでも再び来ようと思っている。

——それまでに自力で逃げ延びろよ。俺は一応、敵《てき》なんだからな。

男が勝手に逃げてくれることを願いつつ、蒼真は全裸で山小屋の扉《とびら》を開ける。

灰色《はいいろ》を混ぜた浅葱色《あさぎいろ》の空から雪が舞い、やや強くなった風に乗って吹き込んできた。

立ち去る前に改めて振り返ると、暖房《だんぼう》器具のない寒々しい空間に横たわる青年の姿が見える。

紺色《こんいろ》の毛布に包《くる》まって眠る様《さま》は、まさしく天使のようだ。翼を出していなくてもそう見える。

身の丈《たけ》は自分と大して変わらない気がするが、拳《こぶし》一つ分程度低いかもしれない。長めのベビーブロンドと乳白色《にゅうはくしょく》の肌、閉じられた瞼《まぶた》の向こうには翡翠の瞳。品のよい唇は紫色を帯びているが、本来は彼の胸にある乳首のように淡い桜色かもしれない。もしくは色めく薔薇色《ばらいろ》だろうか。

無駄《むだ》な筋肉のない体は、人間の血を持たないため特殊な細胞で出来ており、見た目とは裏腹に軽量だった。筋肉量を考えれば七十キロ以上はあるように見えるが、おそらく半分以下しかない。

首や手足がすらりと長く、頭と顔は小さく、まるで男性プリンシパルの見本のような体型だ。

——それにしても凄《すご》い美人だなこりゃ。男色の魔族に見つかってたら、女王に献上される前に間違いなく犯されてるだろ。あ……そういやバーディアンは魔族と交《まじ》わると堕天《だてん》するんだっけ？

羽も髪も真っ黒になるとか、そんな話を聞いた気がする。

半分獣の蒼真には同性と交わる趣味はなく、そういった自分の性質に何故《なぜ》かほっとした。

傷だらけの美青年が無体《むたい》を強《し》いられ、純白《じゅんぱく》の翼を真っ黒に染められる姿は想像したくない。

魔族の世界は弱肉強食《じゃくにくきょうしょく》で、肉食獣の自分が白鳥を襲ったことについては罪悪感《ざいあくかん》など覚えないが、半分人間としての心はあった。相手がただの鳥ではないとわかった以上、正当性や善悪とは別のところで憐《あわ》れみは持てる。それすらなければ、自分はただの獣になってしまうだろう。

「食糧を持って夜中に来るけど、できればその前にどっか行ってくれよ」

蒼真は青年の意識がないことを知りつつ、日本語で声をかけた。目を覚ましたらすぐにわかる位置に服と靴《くつ》を置いたので、それでなんとかしてくれと願う。

そして周囲に人間が居ないことを確かめてから、身を屈《かが》めて豹に変容した。

あとでもう一度ここに来た時、彼が居なくなっていることを願う気持ちが約九割。このまま居続けて、もう一度あの血を舐められたらと願う気持ちが一割ほどで、少しだけ心が揺《ゆ》れる。

背中に翼のオプションがついて、空を飛べるようになったんじゃないかと思うほど身が軽く、バーディアンの血に体が悦《よろこ》んでいた。できることなら引き返し、傷口をもう一舐《ひとな》めしてから去りたいくらい、あの血を求めている。山小屋から離れれば離れるほど、その欲求は増していった。

旧軽井沢にある鹿島《かじま》の森に到着した蒼真は、人間の姿で屋敷の門を抜ける。

自身と同じ柄《がら》の物を身に着けていると安心するので、途中の別宅で着替えた服は豹柄のロングコートだった。体毛の色は豹の時の被毛《ひもう》の色ならどれを選ぶこともできるため、今は金髪にしている。本来は黒髪なので先程は咄嗟《とっさ》に黒にしてしまったが、気に入っているのは金髪だ。

自分で張った結界《けっかい》の中を歩いていくと、広大な敷地の中央からバターの香りが流れてきた。調香師《ちょうこうし》をしている同居人の男淫魔《いんま》――香具山紲《かぐやませつ》が夕食を作っているのだろう。

紲にはルイという名の吸血鬼《きゅうけつき》の恋人がいるが、暴虐《ぼうぎゃく》な女王のせいで今は離れて暮らさなければならないため、独り鬱々《うつうつ》としていることが多い。判で押したように決まった時間に食事を作り、掃除《そうじ》や洗濯《せんたく》をして一見平穏《へいおん》に暮らしているものの、幼い息子の泣き声に気づかなかったり、香水作りに熱中して突然倒れたり泣き伏《ふ》せたり、不安定な精神状態にあった。

『ソーマ！』

玄関扉を開けるなり、廊下の奥からトトトッと足音を立てて黒い仔豹《こひょう》が走ってくる。

今年二歳になった甥《おい》の馨《かおる》だ。基本は人型を取っているが、最近は豹の姿で長時間過ごすことも増えてきた。斑紋《はんもん》を持った実に可愛らしい黒豹で、この姿を見ると思わず顔が綻《ほころ》んでしまう。

「ただいま馨。いい子にしてたか？」

『いいこちてた！』

床を蹴《け》って勢いよく飛びついてくる馨を、蒼真は両手で受け止めた。まだコートも靴も脱いでいないうちから懐《なつ》かれ、赤い舌《した》で髪を舐め回される。肌は痛いのでせめて髪にしろと叱《しか》ってから忠実に守っているのはよい心掛けだが、仔豹というより仔犬のようだった。

『ソーマ、おそとね。おそといくっ』

出がけに駄々《だだ》を捏《こ》ねられたので、「いい子で待ってたら外に連れていってやる」などと言ってしまったのだが、今夜はバーディアンの様子を見にいかなくてはならない。

まずったなと思いつつ、蒼真は馨の首を撫《な》でた。柔らかな黒い毛皮に指を埋め、強めに擽《くすぐ》る。そうすると馨はたちまち身を伸ばし、「ミュー」と鳴いて善《よ》がりだした。仔豹とはいえ結構な重さと力があるのだが、こういう時の声はまるで仔猫《こねこ》だ。

豹に変容した馨はテンションが上がると爪を立てて本気でじゃれてくるので、ロングコートがあっと言う間に悲惨《ひさん》な状態になる。しかしいまさら驚きはしなかった。服を裂かれたりボタンを噛み千切られたりは日常茶飯事《にちじょうさはんじ》だ。酷《ひど》いと靴までボロボロにされてしまう。

「ごめん、出かけたいとこだけど急な用事ができて。今夜は紲と留守番しててくれるか？」

『やだ、やくそくちたもん！』

「うんうん、約束したよな。約束破《やぶ》るのはよくない。……けどな、俺だって悲しいんだ。お前を夜の散歩に連れていくのを楽しみにしてたんだぜ。ほんと、残念過ぎて泣きが入るよな」

蒼真は黒豹を抱えつつ眉《まゆ》を寄せ、思い切り残念そうな顔をしてみせる。

まだ二つの馨は簡単に騙《だま》され、『ソーマなかないで。あちたいっちょにおひるねしゅる？』と言いながら慰《なぐさ》めに髪を食《は》んできた。

「おかえり。夕食はボルシチだけどステーキも焼くか？」

仔豹を抱えながら靴を脱いでいると、紲がダイニングから顔を出す。

日本人にしては色素が薄く、淫魔でありながらも清楚《せいそ》で優しげな雰囲気《ふんいき》の青年だ。

今夜は落ち着いている様子だったので、蒼真は内心ほっと胸を撫で下ろす。しかしそれを紲に気取《けど》られぬよう、いつもの自分らしく、「血の滴《したた》る極上フィレを二キロよろしく」と答えた。

紺は「ボルシチも肉だらけにしたのに」とぼやきつつ笑い、ダイニングに戻ろうとする。ところが踵《きびす》を返した途端《とたん》、再びくるりと振り返って迫《せま》ってきた。妙《みょう》に真剣な顔をしている。

「……紺？」

紺は馨を抱く蒼真に近づくと、スンッと軽く鼻を鳴らした。調香師なので普段は嗅覚《きゅうかく》の感度を下げて暮らしているが、急に本気を出したのがわかる。そういう時の目をしていた。

「蒼真の体内からカモミールに似た匂いがする。でも違う。凄く美味《おい》しそうな……血の匂い？」

「た、体内って……やめてよ紺サン。ちゃんとシャワー浴びてきたのに」

『ソーマおいちそー』

紺の発言を受けて、馨までフンフンと鼻を鳴らす。漆黒の鼻を口に突っ込まんばかりに迫ってきて『おいちそー』とさらに言いながら目を輝かせるので、蒼真は女王の非道《ひどう》なバーディアン狩りを思いだしてしまった。馨は女王と同じ純血種《じゅんけつしゅ》の悪魔だが、将来的にどんなに強くなっても、あの女のようにはならないで欲しい。同じになるわけがないと信じている。

「紺……バーディアンて知ってるか？」

蒼真は黒豹の馨を抱いたままコートを脱ぎ、紺と共にダイニングに向かった。

すぐさま「バーディアン？」と訊《き》き返した紺は、しばらく考える素振《そぶ》りを見せる。

「――ずっと昔、ルイから聞いた気がする。天使によく似た姿の鳥人で、確か卵生だとか……」

「そう、それ。この世に天使なんてものは存在しないし、バーディアンも魔族と同様、地球上に巣食《すく》う種族の一つに過ぎないんだけどな。俺達との大きな違いは……奴らは卵生で、他種族との繁殖《はんしょく》ができないことと、空を飛べること。あとは……なんと言っても人間を襲わないことだな。穀類を主食としてるんで、魔族とは比べようもないくらい無害ってわけ」

蒼真は話しながらテーブルに着き、紲は相槌《あいづち》を打ちつつも冷蔵庫を開けた。

七十年近い付き合いなので、紲はいちいち言わなくても空気を読んで行動する。

腰を据《す》えて聞いて欲しいことなのか、それとも食事の支度を優先しつつで構わないことなのか、いつも正確に察してくれる最高の同居人だった。元々波長が合うが、年月による慣れも大きい。

「馨、食事にするから人型に戻りなさい」

紲は二人分のおしぼりを出し、蒼真に縋《すが》りつく黒豹に向かって言った。

その流れで、「蒼真、馨の着替え頼めるか？」と訊いてくる。ダイニングの椅子《いす》の上には子供服が置いてあった。几帳面《きちょうめん》に畳《たた》まれていて、紲の手製のリネンウォーターが仄《ほの》かに香る。

『へんしーん！』

馨は昔の特撮物の変身ポーズを豹の姿でそれっぽく真似《まね》てみせ、鮮《あざ》やかに人型に戻った。

蒼真の膝にかかる重みは減り、可愛い幼児が膝の上にちょこんと座っている状態になる。

黒髪の時もあるが、今は紲と同じ亜麻色《あまいろ》の髪だった。見事な毛並みを持つ黒豹の時とは打って変わってつるんとした肌は、搗《つ》き立ての餅《もち》のように柔らかい。

「あのね、ごはんボンチチなんだよ」

「……ボルシチな、ボルシチ。ロシア料理だ。紲のは本場物より遥かに美味いんだぜ」

「おにくたっぷりー？」

「そう、たっぷり。それが決め手だな」

馨を膝に乗せたまま、蒼真は子供服を広げる。まずは下着を穿《は》かせ、それから「万歳《ばんざい》しな」と言うと、馨は「バンザイサンショーッ」と両手を上げた。

「どこで覚えたんだよそれ」

「そう言えば、バーディアンってロシアに生息してたんじゃなかったか?」

「そうそう、シベリアで発見されたりして。俺は中国にもロシアにも長く居たけど、噂ばっかで一度も見たことなかったんだ。けど今夜いきなり会った……っていうか、ただの白鳥と間違えて大怪我《おおけが》させた。まだ若そうな雄《おす》のバーディアンだ」

蒼真は馨の着替えを手伝いながら、今頃あの青年はどうしているかと考える。バーディアンは魔族と比べると生命力が弱く、人間よりは格段に強いと言われているが、結局のところそれらは人伝《ひとづて》に聞いた知識に他ならないのだ。個体差もあることを考えると、徐々に心配になってくる。

「え……バーディアンに会ったって、この近くで? あ、それでさっきの匂い……」

「近くじゃなくて自然湖のほとりだけどな。俺の管轄内《かんかつない》だし、正直参《まい》った。今夜中に様子を見にいくんで、このロールパンもらえるか? バーディアンはパンを好んで食べるらしい」

さすがに驚いていた紲は、蒼真の問いに「もちろんっ」と興奮気味《こうふんぎみ》に答えた。

ステーキを焼き始めるなり食卓にあった手作りパンをフードコンテナに詰め、「飲み物や救急箱も要《い》るよな?」と訊いてくる。

「山小屋にどっちもあるし、変容して行くから重い物は無理だな」

「あ、そっか……じゃあラビットバッグに詰めないとな」

紲はそう言うと勝手口付近の棚《たな》を開け、精巧《せいこう》な兎《うさぎ》の形をしたバッグを取りだした。

日本に野生の豹が居ては不自然なので、蒼真は豹の姿で人目に触れるような失態はしないが、それでも万《まん》が一《いち》の場合に備えている。物品を運ぶ必要がある時は、普通の豹が獲物《えもの》を銜《くわ》えている姿に見えるよう、本物の野兎の毛皮を使った剝製《はくせい》仕様のバッグに詰めるのだ。

紲はパンを並べたフードコンテナを布袋に包み、バッグのファスナーを開けて収める。途中、蒼真が「やっぱ包帯も追加して」と言うと、それも上手く詰め込んで兎の形を整えた。

「ウサギさんもっておでかけすゆの？」

「ああ、怪我した白鳥のお見舞いにな」

「ハクチョーさん？　ラーラララ、ラーラ、ラーラ♪」

馨は白鳥と言われるなりチャイコフスキーの情景《じょうけい》を鼻歌で歌いだし、椅子の上に立って両手を広げる。紲がよくバレエやオペラの動画を流しているので覚えたのだろう。片足で立って、バランスよくくるくると回りながら白鳥の真似をした。

「そのバーディアンを、女王に献上したりしないよな？」

「しないけど、ほんとは世話するのも問題なんだよな。女王はバーディアンを嫌ってるし」

「嫌い、なのか？　それは初耳だな」

「食用としては大好物だけど、目障《めざわ》りな種族でもあるんだよ。女王は自分の上を飛ぶって理由で鳥自体が嫌いだし、あとは……純血種の希少《きしょう》価値が下がるからだろうって言われてる」

「純血種の希少価値？」

「馨が存在することは置いておいて、魔族の中じゃ純血種は唯一無二の存在で、女王唯一人ってことになってるだろ？　純血種だけが人間の血を一切持たない卵生の知的生物で、空を飛べる。人間の世界じゃ胎生《たいせい》の生物のが上等と考えられがちだけど、俺達混血の魔族は捕食対象の人間の腹を借りて生まれるわけだし、それは女王みたいな純血種から見れば下等生物の証なんだよな。ところがバーディアンは一人残らず純血種で、人間の血は持ってない。いくら別種族で捕食対象とはいえ、希少性を損《そこ》なわれる女王からしたら面白くないだろ？　そのうえ女王を上回る飛行能力があるし、他にも魔族の結界をスルーできたり、鳥と思念《しねん》会話ができて情報収集が得意だったり、結構な力を持ってる」

「思ってたより凄いんだな。それなら、嫌う以前に脅威《きょうい》と思われても仕方ないんじゃ……」

「大義としてはそういう事情で狩られたんだ。奴らは鳥を使役《しえき》して攻撃《こうげき》もできるし。けど魔族に戦いを仕掛けて勝てるほどの数はいなかったんで、防戦一方だったらしい。卵が生まれても孵化するまで百年かかったり、一夫一妻制だったり、繁殖力が極めて低いのがネックなんだ」

椅子の上からひっくり返った馨を片手でさっと掬《すく》った蒼真は、テーブルに出されたボルシチを食べ始める。自家製ブイヨンの香る酸味《さんみ》の効《き》いたトマトベースのスープから、大きな牛スネ肉がごろごろと突きだしていた。固形の野菜は一つも入っていない。健啖児《けんたんじ》の馨の皿には膨大《ぼうだい》な量の肉と煮込み野菜が入っていて、紲の皿は野菜ばかりが目立っている。テーブルの中央にある焼き立てパンは、紲と馨が食べるための物だ。基本的に蒼真は手をつけない。

「スープ用の魔法瓶《まほうびん》があるから、白鳥の彼にボルシチも持っていくか？」

「いや、いい。バーディアンは吸血鬼と同じラクト・オボ・ベジタリアンのはずだ」

「ルイと、同じ……そうか……じゃあ、明日もまたパンを焼く。まだあまり慣れてないけど色々挑戦《ちょうせん》してみるから、どういうパンが好きなのか訊けたら訊いてみてくれ」

そんなに和《なご》やかにいくわけないから——そう言いかけた蒼真は、馨の皿の中の物を子供の一口大に切っている紲を見て、「ああ」とだけ言った。少し遅れて、パンの礼に「謝謝《シェーシェー》」と続ける。

最愛の恋人と引き離された紲は、義務的に育児を熟《こな》すのがやっとで、馨を抱き締めたり微笑《ほほえ》みかけたりする心のゆとりがない。それでもこうして懸命《けんめい》に馨を育てている姿を見ると、否定的な言葉は向けられなかった。

「その彼、大丈夫かな？　豹に咬まれたってことだろ？」

「食うつもりで思い切り咬みついたけど……大丈夫だ。人間とは回復力が違うからな」

蒼真は紲を安心させるためにそう言ったが、自分で話しているうちに懸念《けねん》を膨《ふく》らませる。人間ではないとはいえ種族がまったく違うのだから、もう少し慎重《しんちょう》になるべきだと思った。

「紲……食後に体液もらえるか？　自然湖は遠過ぎて、獣肉だけじゃ心許《こころもと》ない」

長距離を速く移動するためのエネルギーを求める蒼真に、紲は小声で「寝かせたあとなら」と答える。もらう体液は精液なので、そう言うのも無理はない。隣の席では馨が、子供用の椅子に座って野菜を除《の》けつつ肉を頬張《ほおば》っていた。

2

逃げなければ、逃げて仲間達に知らせなければ——その一心を空に託《たく》したユーリは、血塗れの翼を広げて雪空を舞っていた。これが夢なのか現実なのか、疑いながらも仲間の所に辿り着く。

厳《きび》しい叱責《しっせき》を覚悟していたが、魔族に見つかったことを報告すると、仲間達は許してくれた。それどころか、よく知らせてくれたと褒《ほ》められ、執政官《しっせいかん》を始めとする数人に抱き締められた。そんなことをされたのは初めてなのに、肌の温《ぬく》もりがとてもリアルで気持ちがいい。

やはり夢ではなく現実なのかもしれない。そう思うと胸につかえていた不安が消えていく。

ところが一斉《いっせい》に北に向けて飛び立とうとすると、自分だけ飛び損《そこ》ねて豹に捕まってしまった。

それに気づかなかった仲間達は逃げ延びて、白鳥として大空の彼方《かなた》に消えていく。

これからしばらく拠点《きょてん》を変えて生活しなければならないだろうし、自分の失態で大変な迷惑《めいわく》をかけてしまったが、皆が無事なのは本当によかった。けれども独りで死ぬのは淋しい。豹に食い殺されるのはとても怖くて、自業自得《じごうじとく》だとわかっているのに戻ってきて欲しいと願ってしまう。

誰でもいいから、もう一度抱き締めてくれないだろうか。せめて、もう一度だけ——。

「う、う……」

右肩に激しい痛みを感じたユーリは、涙《なみだ》に濡《ぬ》れた目を開ける。

仲間の姿はなく、ここは空でもなければ故郷でもなかった。小さな山小屋の中に見える。

立っても届きそうにない位置に窓があり、闇《やみ》と雪が見えた。風が強く、カタカタと音がする。

――ここ、は……？　まだ日本？　あの湖の近くか？

慌《あわ》てて身を起こしたあとになって、四肢《しし》が無事に残っていることや擬態化が解けていること、包帯を巻かれて手当てされていることに気づいた。

小屋の中を見渡すと、今が夜であることがはっきりする。室内には蓄光式の小さな照明器具と時計があり、傍らには男物の靴と洋服、日本製のミネラルウォーターが置いてあった。

暖房器具が何もないにもかかわらずロシアとは比較にならない暖かさで、気温からも日本だと確信できる。しかしさすがに人型の時に全裸でいるのは寒過ぎて、ユーリは毛布を引き寄せた。

豹に食われたことはもちろん、襲われたことすら夢の中の出来事で、怪我を負って倒れているところを誰かに助けてもらったのだろうか。夢と混ざって記憶が曖昧《あいまい》だが、その時人型になっていたなら、行き倒れの外国人として救助されたとしても不思議《ふしぎ》ではない。

――誰か、来る……。

耳を澄《す》ましていたユーリは遠くで小枝《こえだ》が折《お》れる音を聞き、小屋の奥で居竦《いすく》まった。

もしも誰かが善意で助けてくれたとしても、病院や警察《けいさつ》に連れていかれるのはまずい。

バーディアンは魔族から逃れるために人間としての戸籍《こせき》を持たずに生活し、不都合が生じると夜逃げ同然で白鳥になって高飛びする。人間が相手なら命の心配はないにしても、入国管理局に連絡されると非常に面倒なことになるのだ。

ユーリは正面にある扉を見据《みす》え、現れた人間にどんな態度を取るべきかを考える。

そうしているうちに距離が縮まり、遠くに居た誰かが雪の斜面を上ってくるのが感じられた。

この小屋が高台にあることを知ると同時に、ユーリは相手が人間ではないことに気づく。強い魔力を感じたのだ。しかし逃げ場はなく、翼を出すことを考えただけでも、体中の傷が抉《えぐ》られるようだった。特に右上半身の痛みが酷く、それに耐えているうちにレバー式の把手《とって》が下がる。

「……っ！」

吹き込む雪や風と共に見えたのは、獣の前脚だった。室内にあるソーラーライトの仄灯《ほのあか》りが、梅の花に似た斑紋を明瞭《めいりょう》に照らしだす。ぴんと伸びた髭《ひげ》や、吐く息の白さまで見て取れた。

『ちゃんと生きてるみたいだな。飛ぶのは無理だったか？』

頭の中に直接、若い男の声が聞こえてくる。ただの豹ではない、魔族だ。それも貴族悪魔。

思わず喉《のど》を鳴らしたユーリは限界まで後ずさり、この豹の声で言われた別の言葉を思いだす。

夢でもなんでもなく、自分は豹が人型になったところを確かに見たのだ。墜落した体を両手で抱き留められ、「殺してくれ」と言ったら、「いいよ」と言われた。

本当にいいと思って、そのまま答えただけ。何故かそんな印象を受けたのを憶《おぼ》えている。

しかし実際には殺されず、手当てまで受けている。この状況が意味するものはなんだろうか。

『約束通り食糧を持ってきたぜ』

豹は自分の体が通るのに必要なだけの隙間《すきま》を開けて、小屋の中に入ってきた。

その口には大きな兎の死骸《しがい》を銜えている。四肢の力を失った憐れな兎が、豹の口元でゆらりと揺れた。この地上が食物連鎖《しょくもつれんさ》で成り立っていることも、獣の世界に於《お》いて弱肉強食は正義であることも、ユーリは当然わかっている。豹が兎を食べようと、人間が牛を食べようと別段不快《ふかい》には思わないが、目の前の兎を正視することはできなかった。

「い、嫌だ！　来るな、そんな物は食べられない！」

死骸を見た恐怖のあまり、ユーリは近くにあったペットボトルを引っ掴《つか》む。

それを豹の顔目掛けて投げると、豹は易々《やすやす》と身を捻《ひね》って避《さ》けた。

「それ以上……私に近づくな！　その兎を外に出せ！」

『――兎？　ああ……これが怖いのか？　バーディアンに兎を食わせるわけないだろ？　これはただの偽装《ぎそう》バッグだ。もとを正せば兎の死骸だけどな』

豹はそう言うと、床の上に兎を置く。そして鼻を使い、ユーリに向かって兎を滑《すべ》らせた。

どう見ても死骸にしか見えなかったが、よくよく見てみると豹の口に隠れていた部分には継ぎ目のような物がある。グレーの兎の毛皮と同じ色をしたファスナーだった。

豹の言う通り、これは獲物に見せかけた運搬用の偽装バッグらしい。しかし、だからといって手を伸ばして触れる気にはなれなかった。恐ろしいのは兎の死骸だけではなく、豹自体もだ。

『その中に美味《うま》いパンが入ってる。俺の番《つがい》が今夜焼いた物だ』

「……番？　其方《そなた》の妻女《さいじょ》か？」

性的にモラルが低いとされる魔族が番という言葉を使ったのが意外で、ユーリは思わず訊いてしまう。頭の中では、この豹と寄り添う雌豹《めひょう》の姿を想像していた。

『人妻《ひとづま》だな、男だけど。友人の奥さんを預かってる感じだ』

豹は即答《そくとう》すると、『俺のことも怖いよな』と呟《つぶや》く。

そして前肢を床に向けて伸ばし、関節を馴染《なじ》ませるような体勢を取った。

白鳥に擬態できるユーリには、豹が人間に変容しようとしているのがわかる。

思った通り、豹の体から体毛が一気に引いていった。逆に頭髪は伸びて、金色の髪が揺れる。

記憶の中では黒髪だったはずだが、今は紛《まご》うことなき金髪だった。肌に浮かんだ斑紋も完全に消え、東洋的な滑《なめ》らかな肌を持つ青年に変わる。

――……っ、この男……人型になっても、まるで豹のような……。

顔だけを見た時も美しい男だと思ったが、さらに見事な肉体にユーリは目を奪《うば》われる。

引き締まった筋肉はしなやかな獣を彷彿《ほうふつ》とさせるもので、無駄《むだ》な体毛のない肌は肌理細《きめこま》かく、実に瑞々《みずみず》しい。作り物めいた美しさではない、生命力に満ちた美の体現者だ。肉感的な体からは雄のフェロモンが匂い立ち、如何《いか》にも繁殖力が高そうに見える。

「改めて初めまして、白鳥サン。見た感じ若そうだけど、中身もそう？」

「……て、敵に話すことなど、何もない。私を食べたいなら……す、好きにするがいい」

「仲間とはぐれて独りで居たら襲われちゃったってとこかな？　早いとこお仲間を捜《さが》さないと」

「やめてくれっ！　仲間のことは見逃してくれ！　私の体を丸ごと全部食わせてやるから、それ以上は望まないでくれ！」

毛布に包まりながらも身を乗りだしたユーリは、見縊《みくび》られないよう声を張り上げる。

すると獣人の男は目を円《まる》くして、床に膝をついた恰好《かっこう》でしばし黙《だま》り込んだ。

そして突然プッと噴《ふ》くように笑うと、兎のバッグのファスナーを開けて大きな布袋を取りだす。

さらにそこから食品保存用のコンテナを出した。日本製の容器は如何にも性能がよさそうで、軽くて丈夫に見える。半透明の蓋《ふた》の下には、狐色《きつねいろ》に焼けたロールパンが並んでいた。

「私にパンを与えて生かしておいて……魔女に……ホーネットの女王に献上《けんじょう》するつもりか？」

「さあどうしようかね。バーディアンは生け捕りにしなきゃいけない決まりだけど」

「それは知っているが、考え直してもらえないか？　バーディアンの体は美味《びみ》で、食べると精がつくのだろう？　私を其方の物にすればいい。この体を独り占めしたいとは思わないか？」

「……ハハ、品のいい顔して随分エロいこと言うんだな。けど語るに落ちるっていうか、仲間が生存してることを敵に教えちゃダメだろ。仲間がいるのかって尋問《じんもん》されても、独りで生きてきたから知らないって白《しら》を切り通さなきゃ。俺がもし女王に忠実な臣下《しんか》だったらどうするんだよ」

「あ……」

「仲間想いなのはわかるけど、詰めが甘いな。気持ちがあっても守れないんじゃ意味ないんだぜ。やっぱり見た目通りなんだろ？　今いくつ？」

「――っ、卵で百年……孵化して、二十年だ」

自身の失言《しつげん》を指摘《してき》されるまで気づかなかったユーリは、愕然《がくぜん》とするあまり質問にストレートに答えてしまった。目の前の男は「二十歳か、若いな」と言って苦笑する。バーディアンの年齢は卵の時も含めるものだが、魔族の感覚では孵化してから数えるものらしい。そもそも彼ら魔族は、純血種の女王を除いて全員が人間との混血だ。胎生で、人間の腹から人間の赤子として血塗れで生まれてくる。完全な悪魔として覚醒《かくせい》するのは二次性徴《せいちょう》を迎えてからだ。

「私と、交渉《こうしょう》してくれ。仲間だけは見逃して欲しい」

「交渉ねぇ……この状況じゃ立場的に交渉にならないと思うけど」

自分とはまるで違う生まれ育ちの生き物が恐ろしかったが、ユーリの心の一部は諦念《ていねん》によって落ち着き始めていた。この男に捕まったことを避けられない運命として受け入れたうえで、翼を広げられない今、できることを考える。最悪の事態を避けるべく少しでもよい方向に持っていくためには、短絡的《たんらくてき》かつ直情型とされる獣人の本能を刺激《しげき》すればよいのだ。上手くいけば、目先の欲に目を眩《くら》まして交渉に応じてくれるかもしれない。

「私は、其方に囚《とら》われてもいい。すぐに殺してくれなんて情けないことはもう言わない。決して自害もしない。私を家に連れていき、生かさず殺さず毎日でも血を啜るがいい。私の命ある限りバーディアンの養分を摂《と》り続けることができるぞ。私の血は、最後の一滴《いってき》まで其方だけの物だ」

「へぇ、それは魅力的《みりょくてき》な話だな。……あ、おしぼりまでついてる。俺の番は気が利《き》くだろ?」

「――っ、おしぼり?」

「お前のこと心配してたぜ。ほら、手ぇ拭《ふ》いて腹を満たしな。ただし顔は拭くなよ」

男は紙製の使い捨ておしぼりを差しだすと、じりじりと膝を進めてきた。

何を考えているのかまるでわからない表情だが、どことなく楽しそうに見える。

ユーリは小屋の奥の壁に追い詰められ、至近距離に迫る男の口に怯《おび》えた。

今は整った歯列が見えるだけだが、いつ牙になるかわからないのだ。

「う、あ……や、やめ……」

ぺろりと、男の舌が頬《ほお》を這《は》う。起き抜けに流した涙はもう乾いているはずだが、涙跡《るいこん》を追っているのがわかった。舌は一旦下がってから目尻に向けて上がってきて、睫毛《まつげ》まで舐め上げる。

「――っ、う」

「逃げるなよ。傷口を舐められるよりいいだろ？」

そう言われても恐怖心から震えが止まらず、ユーリは呻いて肩を揺さぶった。

それでも彼はお構いなしに顔を舐めてくる。まるで獲物の味見をしているかのようだ。

「……いいね……涙でもこの味か。美味いし、たった一舐めでも体の奥が熱くなる」

男は舌舐《したなめず》りしながら、唇に視線を注《そそ》いでくる。今度は唾液《だえき》を求めているようだった。

魔族にとってバーディアンの体液や肉は極上の養分になると聞いていたが、それは涙でも同じことらしい。陶然《とうぜん》とした顔で見つめられると、自分が被食者であることを痛感させられた。

「私を……独り占めしたく、なったか？」

「そりゃあね。元々女王に渡す気なんかないけど、黙って逃がすのも惜しいよな」

誰にも知らせず食べるなり囲うなりしてくれ、バーディアンの秘密を守ってくれ――そういう意味で言ったユーリだったが、男は思いがけない答えを返してくる。ホーネット教会に所属する魔族でありながら、女王に献上しないどころか、逃がすつもりだったとでもいうのだろうか。

「キスの前に名乗り合わない？　俺は李蒼真、豹族の貴族悪魔だ」

「李蒼真……」

「俺の名前を完璧に発音できるなんて、珍しいな。中国語も日本語も堪能《たんのう》な表向きロシア人か？　極東ロシアとかその辺で暮らしてたりして。ハバロフスクとか、ウラジオストクとか」

「やめろ！　詮索《せんさく》されても……私はもう何も言わないぞ！」

「はいはい、まあどこでもいいんだけどさ。仲間と合流したら、日本にはもう来るなって、特に本州には踏み込まないよう伝えてくれ。あと、俺の名前はソウマでいい。そっちで慣れてる」

「わかった……蒼真、と呼ぼう。私は、バーディアンの王子ユーリ・ネッセルローデだ」

「――王子？」

「王子だ……」

言われた通りの読みかたで素直に名前を呼んだのも、己《おのれ》の身分や名を明かしたのも、この男の機嫌《きげん》を取りつつ、自分をより高く売り込むべきだと思ったからだった。ホーネットの中で貴族と位置づけられているからといって敬《うやま》う気持ちは微塵《みじん》もないが、今はこの男に命を握《にぎ》られている。

それも自分の命だけではない。現在日本に居る仲間の命まで、この男の気分次第だ。

――ネコ科の獣人は気まぐれだって、聞いたことがある。豹の言うことなんて信用できない。まずは誘惑《ゆうわく》して……隙を見て鳥に文《ふみ》を結んで……皆に、早く逃げるよう伝えなければ……。

バーディアンは空を制す誇《ほこ》り高い種族であり、地を這い海底を泳ぐ魔族に屈してはならないと教えられてきた。しかしいくら誇りを持ったところで、力で敵わ《かな》ず貪《むさぼ》り食われる弱者であるなら、誇りなどただの虚勢《きょせい》にしかならない。空威張《からいば》りをして滅ぶよりは、誘惑するなり機嫌を取るなりするべきだろう。今は、一つでも多くの命を守ることのほうが大切だ。

「――ユーリ・ネッセルローデ……いい名前だな。金髪の王子様に相応《ふさわ》しい名前だ」

唾液を求める唇が迫る中、ユーリは腹を括《くく》ってその場に留まった。

壁際に追い詰められたとはいえ、横に逃げることはできる。しかし歯を食い縛《しば》って堪《こら》えた。

貴族悪魔には必ず眷属《けんぞく》がいるはずで、この男が一声かければ大勢の使役悪魔が動きだすだろう。

日本に居る仲間達が一斉に豹に狙われることになるのだ。仮に逃げ延びたとしても教会本部にバーディアンの生存を報告されれば、獣人よりもさらに厄介《やっかい》な吸血鬼が追ってくる。遠隔攻撃《えんかくこうげき》が可能な吸血鬼によって乱獲《らんかく》された血の歴史は、これまで何度も繰り返されているのだ。

「そんな怖い顔すんなよ、せっかくの美人が台無しだぜ」

そう言われた直後、表情を変える暇《ひま》もなく唇を塞《ふさ》がれる。

弾力《だんりょく》のある膨らみに押し潰され、舌で歯列をなぞられた。

「……ん、ふ……ぅ」

口づけることそのものではなく唾液を求められているのだから、歯を食い縛ってはいけないとわかっているのに、なかなか力を抜くことができない。結局、歯列を強引に割って侵入《しんにゅう》してくる舌に制圧され、気づいた時には唾液を吸《す》われていた。

「は……っ、ぁ、ふ……」

唾液が狙《ねら》いだと自分に言い聞かせても、ユーリはキスという言葉を深く考えてしまう。

今していることは、本来ならば恋人や夫婦の間で交わされる愛情表現のはずだ。

――魔族と、キスなんて……唾液を飲まれるなんて……！

自分のしている行為に困惑していると、毛布ごと体を抱えられる。上背《うわぜい》は大して変わらないが、獣人は力が強く、バーディアンは体重が軽い。悔《くや》しいがひょいと抱えられてしまい、頭の位置が彼より上になるよう調整された。腿《もも》に乗せられた状態で、唾液を余すことなく吸われていく。

しかしいくら掻きだされたところで唾液の量など高《たか》が知れている。舌を根元から吸われると、ユーリ自身も渇《かわ》きを感じた。そしてつい、口内の水分をごくりと飲んでしまう。

「う、ぅ……あ……」

蒼真の唾液が混じったそれを飲み干した瞬間、ユーリの視覚と嗅覚に異変が起きる。

突然、ぶわりと膨れ上がるように特定のイメージが浮かんできたのだ。

そして鼻腔《びこう》の奥から全身にかけて、甘やかな芳香が広がっていく。

濃厚《のうこう》な蜜《みつ》がたっぷり詰まった林檎《りんご》のイメージと香りだった。蜂蜜《はちみつ》の如く輝く蜜は黄金色の光を広げていき、その中から清楚な白い花が姿を見せる。それらが仄かに香ったかと思うと、今度は茉莉花《ジャスミン》によく似た香りが流れてきた。蜜林檎、ホワイトフローラルブーケ、茉莉花——。

「あ、う……は、ぁ……」

嗅いだことのない香りと、未知の味が一気に襲ってくる。

眩暈《めまい》に近い酔いが回って、ユーリは覚えのない熱を下腹に感じた。

最初は抵抗があったはずなのに、蒼真の唾液が欲しくて……それどころか、この男の肌や髪や性器に触りたくなる。いつしか肩に体重を寄せ、蒼真の首やうなじを弄《まさぐ》っていた。

「く……はっ、ぁ……」

体中の血が性器に集まっていることに気づいても、驚く余裕すらない。

もっと味わいたくて舌を突き入れ、無我夢中《むがむちゅう》で唾液を絡《から》め取った。相手もまたこちらの唾液を求めているので、口内で激しい奪《うば》い合いを繰り広げることになる。頭の位置が上にあるユーリは不利だったが、それでも必死に甘い蜜を求めた。

――いったい、なんだ……この香り……蜜林檎に誘《さそ》われて、引きずり込まれる！

口づけも性交も経験していない清い体に、爆発的《ばくはつてき》な欲望が芽生《めば》える。

この男を犯して自分の胤《たね》を植えつけたい――到底信じられないが、そんな衝動《しょうどう》に囚われた。

あり得ない、おかしい。そう思っているのに体は止まらず、性器には血が滾《たぎ》る。まるで自分が自分ではなくなったようだった。唾液では足りないと思うなり手足が勝手に動き、蒼真の両肩を摑んで思い切り押し倒してしまう。

「うわ……っ」

ドンッ！　と大きな音を立てて倒れた雄強《ゆうきょう》な体を、ユーリは床に縫《ぬ》い止める。

全裸の体が酷《ひど》く扇情的《せんじょうてき》に見えて、胸にあるわずかな突起《とっき》に触れずにはいられなかった。両肩を押さえていた手を胸まで滑らせ、十指を使って乳首を弄《いじ》り回す。まるで反応していない性器にも、今すぐむしゃぶりつきたいくらいだった。しかし本当にしたいことは愛撫《あいぶ》ではなく挿入《そうにゅう》だ。張り詰めた性器を後孔や口に突き刺して、この男の奥深くに精液を注《そそ》ぎたい――。

「は……っ、はぁ……は、っ……」

長く濃厚な口づけで息が上がってしまい、ユーリは蒼真を見下ろしながら喘鳴《ぜんめい》を繰り返した。

バーディアンに押し倒されたところで撥《は》ね除けられるからなのか、彼は平静な態度でこちらを見ている。胸に触れられても動揺を見せず、笑いながら「くすぐったいからやめてくれ」などと言いだした。挙《あ》げ句《く》の果てに、「いきなり発情して、どうかしたのか?」と訊いてくる。

「林檎……林檎の、香りが……っ、く、ぁ……」

自分よりも大きな蒼真を組み敷いたまま、ユーリは腰をびくんと震わせた。油断すると今にも達してしまいそうで、慌てて息を詰める。どうしても蒼真の体内で射精《しゃせい》したくて、仰向《あおむ》けに寝る彼の足を摑んで無理やり開脚させようとするが、ひらりと躱《かわ》されてしまった。

「なるほど、そういうことか……林檎の香りね」

蒼真は上体を起こしつつ、余裕の笑みを湛《たた》える。

そういうことってなんだと問い詰めたくなるユーリだったが、その反面、理由なんてどうでもいい気持ちもあった。この興奮は明らかに異常だとわかっているのに、自分に何が起きたのか、どうしたら回避《かいひ》できるのか、追究したり考えたりすることに意識が向かない。目の前に居る男をとにかく犯したい――その体内に精液を注ぎたい衝動で、身も心もいっぱいだった。

「お前が欲情してるのは、俺の唾液に混じった淫毒《いんどく》のせいだ」

性的衝動に支配されていたユーリは、追うまでもなく迫ってきた蒼真に両手首を摑まれる。

本気を出した獣人の腕力は凄まじく、鉄枷で固定されたかのように手を動かせなくなった。

「俺の番は中級くらいの淫魔で、かなり強い魔力を垂《た》れ流してる。特に今は旦那《だんな》が傍《そば》に居ないし、満月も近いから渇望《かつぼう》が凄くて――」

「淫魔の……魔力？　淫毒とは……催淫作用《さいいんさよう》のある毒、か？」

「そういうこと。淫魔は性分泌液《せいぶんぴつえき》を摂取《せっしゅ》しないと生きていけないからな……性的に満たされていない時ほど強い魔力を放つ。淫毒で誰彼なしに誘惑し、自分を犯させて精液やら愛液やらを取り込もうとするんだ。そういう厄介な体質だから、本人の意思とは関係なく犯されやすい。格上の悪魔には効かないんだけど、お前には覿面《てきめん》だったな」

「う、あ、ぁ……っ！」

　ユーリは膝立ちの状態で両手を拘束《こうそく》されたまま、蒼真の膝で性器を擦《こす》られる。ただでさえはち切れそうになっていた怒張《どちょう》は、ユーリの腹を突いて白濁《はくだく》混じりの先走りを零《こぼ》した。生温《なまぬる》い体液が肌を滑り、臍《へそ》に溜まっていく。果ては蒼真の膝まで伝った。

「これを俺の尻《しり》にブチ込みたくなったのか？」

「……っ、う……」

　誰が魔族になど——そう言えるものなら言いたかったが、頭が縦《たて》に動いてしまう。蒼真に向かってこくりと頷《うなず》いたユーリは、彼がその気になってくれることを願った。とにかくこの衝動をなんとかしたくて、欲求が満たせるならそれでよかった。魔族と交われば堕天してしまうが、重大な問題であるはずのそれも、今は些末《さまつ》なことに思える。誇りも何もかも要《い》らない、どうでもいい。とにかくこの男を犯したい——。

「お断りだな。俺にはそういう趣味はないんで、犯《や》られるのも犯るのも御免《ごめん》だ」

　手首を摑まれたまま言われた次の瞬間、ユーリは蒼真に口づけられる。

「――ぅ、あ……！」

唇の表面を軽く吸《す》うだけのキスだったが、膝を使って勃起《ぼっき》した性器の裏側をぐりぐりと擦られ、今度こそ本当に射精《しゃせい》しそうになった。それを避けようとすると腰が引け、今度は自分が床の上に落ちる。幸い毛布が敷いてあったが、みっともない尻《しり》もちをついてしまった。

「……な、何を……断ると言っておいて、何故……」

「極上の餌としては歓迎だから。唾液でも精液でも、経口摂取《けいこうせっしゅ》なら喜んで」

起き上がろうとしたユーリは蒼真の手で毛布の上に押しつけられ、性器を摑まれたうえで唇を奪われる。抗議の声を漏《も》らすものの、勢いのある舌に呑まれて何も言えなくなった。

先程までとは上下が逆になり、後頭部が床にぶつかって動かせなくなる。重たいキスのせいで、頭を浮かせることは疎か、拘束されていない足すらも微動《びどう》だにできなくなった。

「――っ、く、う……うぐ……」

性器を握《にぎ》られながらグチュグチュと扱《しご》かれ、口内には淫毒を含んだ唾液を注がれる。

少しでも動いたら張り詰めた物が弾《はじ》けてしまいそうだった。しかしそれはしたくない。淫魔の催淫作用だと説明されてもなお、蒼真の体内に出したい気持ちが強いからだ。

これほどの欲求が無作為《むさくい》の魔力によるものだと考えると、快楽《かいらく》に溺《おぼ》れながらも背筋が凍《こご》える。

彼の番が、望むと望まざるとにかかわらず凌辱《りょうじょく》されてしまうのも無理はない。男になど興味がなかった自分が、会ったばかりの敵方の男を犯したくて堪らなくなっているのだから――。

「う、ふ……っ……は、ふ……」

隙間なく唇を蹂躙《じゅうりん》され、絶えず舌を絡められるうちに、ユーリはキスによる快感を知る。

執拗《しつよう》に吸われると頭の奥が蕩《とろ》けていった。注がれる唾液は美味で、そしてとても温かい。

――口の中って……熱いんだな……獣人は体温が高いと聞くが……肌も凄く、熱い……。

ユーリは淫毒に翻弄《ほんろう》されながらも、蒼真のキスと体温に酔いしれる。

いつの間にか足まで絡め、厚手の毛布の上で組《く》んず解《ほぐ》れつ抱き合う恰好になっていた。

――こんなこと……妻女としか、してはいけないのに……。

バーディアンは生涯唯一《しょうがいただ》人の相手を愛し、純潔《じゅんけつ》を捧《ささ》げる清《きよ》らかな種族だ。

それが掟であり、逆に言えば純潔を捧げた相手を愛して、必ず番にならなくてはいけない。

――私は何故……こんな所で、魔族の男と……。

ユーリは蒼真の肌に触れながら、幻《まぼろし》の妻の姿をシルエットとして思い描く。

拘束されていないバーディアンの群れは、雄ばかり三十名。ホーネット城に囚われている雌といつか番《つが》えることを願いながら、操《みさお》を守って生きている。許されるのは最低限必要な自慰《じい》行為に限られており、人として活動している時も、人間の女と肌を合わせたりはしない。特にユーリは両親の死後に孵化したため、身分の高さも手伝ってスキンシップとは縁がなかった。

だからといって魔族を相手に温もりを感じるなど許されないが、淫毒の作用とは別のところで欲求が芽生える。美しく雄々しく、そして熱く滑《なめ》らかなこの男の体を、もっと感じていたい。

「あ、ぅ……！」

唇を解放されるや否や、膝裏を両手で摑まれる。

性器を注視されながら、下へ下へと滑り込む体によって足を割られた。

遂には腿や尻まで軽々と浮かされ、秘めた所を剝《む》きだしにされてしまう。

陰茎《いんけい》や睾丸《こうがん》はもちろん、あわいの奥まで見えてしまうほど高く持ち上げられた。

「な、何をする!?」

「食餌《しょくじ》だよ。食べてもいいって言ったのは自分だろ?」

吃驚《びっくり》して目を見開くと、紫の瞳が爛々と光って見えた。蒼真は性器を見下ろしながら、口端を持ち上げている。彼を犯してその体に射精したくて堪らないユーリだったが、羞恥心《しゅうちしん》は辛《かろ》うじて残っていた。今は存在感が薄いが、理性もある。こんな屈辱《くつじょく》はとても耐えられない。

「い、嫌だ……や、め……ぁ」

やめろ——と、拒絶の言葉を口にする直前、顔を沈《しず》めた蒼真に性器の先を舐められた。

獣人は繁殖以外の交尾に興味を示さず、男色を嫌う傾向にあると聞いたことがあったが、彼の表情は到底そんなふうには見えない。まるで取って置きの好物を前にしているかのようだった。

——好物……なのか?　性的なものじゃなく、養分として……。

抵抗したい——そう思っても行動には移せない。耐えられないほどの屈辱だと思う反面、この先にあるものを知りたくなっていた。魔力による淫心《いんしん》が働いているのかもしれない。

「は、あ……っ、あ……」

関節の限界まで足を広げられたユーリは、性器の裏側をねっとりと舐め上げられた。

その動きに沿って、燻《くすぶ》っていた物が迫《せ》り上がってくる。淫毒から解放される時が来たのだ。

「――く、あ、あ……！」

その瞬間を逃すまいと、蒼真が性器に食いついてくる。ユーリは腰を震わせて精を放った。

こんなに激しい勢いで放ったのは初めての経験だ。淫毒による強烈な欲求に従って彼の体内に精液を注いだことで、ミッションを成功させたような達成感がある。たとえ恰好はどうであれ、注いだ先が口であれ、やるべきことはやったのだ。口も体の一部には違いない。

ユーリは覆《おお》い被《かぶ》さる蒼真の喉に射精しながら、ドクンドクンと脈《みゃく》打つ体の音を聴《き》いていた。まるで足の間に心臓が移動したかのようで、そこを中心に血が巡《めぐ》り、体中をぽかぽかと温めていく。快楽で火照るという感覚を知ったのは、これが初めてだった。

「あ、っ……」

いつしか翼の如く両手を広げていたユーリは、達したばかりの性器をチュウッと吸われる。本当にそんな音が立ち、雷《かみなり》に打たれたような衝撃が走った。情けなくも、「ふあっ」と奇妙《きみょう》な声を上げてしまう。射精を終えたばかりの性器は、自分が思っていた以上に敏感《びんかん》だった。精管をストローのようにチュウチュウと吸われると、じっとしていられずにのた打ち回ってしまう。

もちろん痛いわけではない。しかし苦しくて、喘《あえ》ぎながらも抵抗せずにはいられなかった。何度も何度も「やめろ……っ」と掠《かす》れた声で繰り返し、身を揺さぶって可能な限り暴れる。

「――ああ、悪い。腹が減ってるのに供給ばっかじゃ嫌だよな。不公平だし」

「ふ、ぁ……な、何を……」

性器に息がかかるほど近くで囁《ささや》かれ、ユーリはわけがわからないまま蒼真と顔を見合わせる。

するとと彼はロールパンの入ったコンテナに手を伸ばし、器用に蓋を外してパンを摘《つ》まんだ。

それを仰向けになっているユーリの口に運んだかと思うと、唇に軽く当て、「食べな」と半ば命令のように言ってくる。信じ難い無神経さに、ユーリは寝たまま硬直してしまった。

「なんて、はしたない……これだから獣人は！　情事の最中にパンを食べるなどあり得ない！」

「いやいや、これ情事じゃなくて食餌だから。そこ勘違《かんちが》いされると困るんでちゃんと食べろよ」

「か、勘違いだと？　これが情事じゃなくてなんだと言うのだ⁉　私が淫魔の魔力で前後不覚になっているのをいいことに、よくもこんな……っ、妻女にすら見せないであろう姿を……」

ユーリは勢いよく飛び起きたが、腰から下は毛布の上に投げだしたままだった。そのうえ体はまだ昂《たかぶ》っていて、性器は腹にこそ届いていないものの、性交可能な状態を保っている。

こうなったのは淫魔の毒のせいだ。しかも蒼真は、淫毒が作用していることを知ったあとも、あえて唾液を注ぐようなキスをしてきた。悪戯《いたずら》にしては性質《たち》が悪過ぎる……過失ではなく完全に故意であり、食餌の域など疾うに超えている。

「――これは、情事だ。私は……其方と……」

「バーディアンの王子様はどんだけ真面目《まじめ》なんだ？　これはただの食餌だ。パンを食わせてやる代わりに俺はお前の体液をもらう。自力で飛べるくらい回復したら好きにしていい。取って食う気も、上に報告する気もない」

蒼真の言葉を、ユーリは目を瞬《しばただ》かせながら反芻《はんすう》した。

敵の言うことを頭から信じることはできず、言い包《くる》められないよう慎重になろうとする。

「私を逃がすとでも言うのか？　まさかそんなこと、都合がよ過ぎて信じられない！　それに、獣人は怠《なま》け者で気分屋で、信用に値しない生き物だと聞いている」

「信じなくてもいいけど食べろよ。俺の番が作ったパンは美味いぜ」

「……要《い》らない！　淫魔が作ったパンなど、何が混ざっているか……」

ユーリは口元に寄せられたパンを見て眉《まゆ》を寄せ、仰《の》け反《ぞ》りながら顔を背《そむ》ける。ところがすぐに顎《あご》を摑まれ、首が痛くなる勢いでぐいっと引き戻された。ほんのわずかの間に蒼真の表情が変わっている。常に纏《まと》わりついていた皮肉《ひにく》っぽい笑みが、完全に消えていた。

「獣人への暴言《ぼうげん》はわりと当たってるから許すとして、俺の番を悪く言うな。今度言ったら本気で餌にしてやる」

「――っ」

「肉まで食われたくないだろ？　少しは自分の立場を考えろ」

顎を摑まれたまま至近距離で凄まれると、包帯の下の傷が疼《うず》く。

性行為の衝撃で忘れてしまっていたが、自分はこの男に食われかけたのだ。

豹の牙が肉に食い込んできた時の痛みと恐怖が蘇《よみがえ》って、血の気が下がる。昂っていた物は萎《しお》れ、あれほど熱を帯びていた体は急速に冷えていった。

「俺も淫魔なんて嫌いだったけど、アイツは特別。直接会わなくたってこれを食べればわかると思うぜ。このパンはアイツが家族のために焼いた物だ」

「う、うぐ……っ」

殺されないためには謝罪するべきなのか――迷っているうちにパンを口に突っ込まれる。

とにかく食べるしかないと思ったユーリは、抵抗せずにそれを受け入れた。自ら口を開ければ、苦しさも軽減する。長距離飛行の果てに怪我を負ったため、実のところ腹が減っていた。恐怖で遠退《とおの》いていたものの、パンの香りを間近で嗅《か》げば食欲が湧《わ》いてくる。

――バターと小麦粉……ミルクと、卵黄……。

蒼真の番が作ったというパンからは、これまで嗅いだことのない匂いがした。材料はわかるが、どれも上質で未知の領域の物だ。香りだけでも、こだわり抜いた素材を使っているのがわかる。

敵が作った物など安易《あんい》に口にしてはいけないのに……そのうえ淫魔が作った物だというのに、最早《もはや》止まらなかった。無理をしているわけではなく、口が勝手に動いてしまう。

「う、ん……ん、ぐ」

嚙み締めて味わってから呑み込むと、蒼真の言葉の意味がわかった。

ふんわりと広がっていくのは、パンの味というより幸福感だ。淫魔なら性分泌液さえ摂っていれば済むはずだが、蒼真の番は人間として真摯《しんし》に生きていて、家族のために愛情を籠《こ》めてパンを焼くような人物らしい。このパンからは、美味を超える作り手の優しさが伝わってきた。

「……ぅ……美味い……」

「だろ？　イク時よりイイ顔してるぜ」

そう言って笑った蒼真は、二つ目のパンを手に取る。

凄んだ時とは一転して得意げで、自分が褒められたような顔をしていた。

二つ目には自ら齧《かじ》りついたような、やはり蒼真の手で突っ込まれたような……同時にお互いが動いたのでよくわからなかったが、一つ目以上にありがたみを感じるパンが口に入ってくる。

——ああ……本当に美味い。失った血が渾々《こんこん》と湧きでるようだ！

体に沁《し》み渡る穀物のエネルギーと、心を満たすミルクやバターに癒《いや》される。

心身共に蕩けたユーリは、パンを銜えたまま再び押し倒された。山小屋の天井や梁《はり》、ソーラーライトの仄かな灯りを目にする。床に大きな影を落とす蒼真が、下腹に向けて下がっていくのがわかった。膝を軽く立てる形で足を広げられ、口淫を再開される。

「——っ、う、ぅ！」

これは性行為ではないと主張していた蒼真が、萎《な》えた性器を口に含んで舌を蠢《うごめ》かせた。根元を指で擦り上げられ、先端を舐められたり吸われたりするうちに、滾った血が集《つど》い始める。

下半身も上半身も気持ちがよくて、ユーリは途轍《とてつ》もなく奇妙な感覚に陥った。

自分は確かに食事をしていて、咀嚼《そしゃく》して味わうパンは生まれて初めての食感と味だ。感動するほど柔らかくて美味しい。それと同時に、蒼真の口で性器を舐められるのも指で弄られるのも、やはり感動的に気持ちがよかった。両方が合わさることで、至上《しじょう》の幸福を感じられる。

「は、ふ……ぁ……」

二つ目のロールパンを食べ終えると、性器をしゃぶっている蒼真と視線が合った。

彼は無言のまま、「全部食べろよ」と、目で訴《うった》えてくる。どのみちもう止まらなかった。

たった二つで失った血を補えるわけもなく、ユーリの手はコンテナの中のパンを引っ掴む。

「は、っ……む……ぅ」

仰向《あおむ》けになったり、顔だけを横向けたりしながら、ユーリはパンを食べ続けた。

あまりにもはしたない食事の最中、腰が浮くほど膝を抱え上げられる。

恥ずかしい所を大胆《だいたん》に暴かれながら、後孔を指で撫《な》で回された。

「く、う……ぅ」

三つ目のパンを呑み込むや否や、窄《すぼ》まりを解《ほぐ》されて指を挿入される。

狭隘《きょうあい》な肉孔をじわじわと拡げられると、浮いた足が陸に上げられた魚のように跳《は》ねた。

蒼真は隙を見て指を濡らしていたらしく、痛みもなければ強い摩擦《まさつ》もない。ぬるついた二本の指が真っ直ぐに出入りを繰り返し、後孔を拡張しながら前立腺《ぜんりつせん》を探り当てた。

「は、あ……ふ……」

なんてことをするんだ、やめろ——そう叫《さけ》んで抗議したいのに、嬌声《きょうせい》しか出てこない。

先程までとは比較にならない快感が突き上げてきて、みっともなく足を広げたままびくびくと震えるばかりだった。体中に怪我を負っているはずだが、今はどこも痛くない。ただただ気持ちよくて、ユーリは無心で四つ目のパンに手を伸ばす。

「あ、ぁ……う、あ……」

卵黄で照りを出されたパンの皮を舐めた途端、体内の指を激しく動かされた。ズチュズチュと卑猥《ひわい》な音が立ち、官能的な痺《しび》れが背筋を伝って這い上がる。食事を続けられなくなったユーリは、蒼真の指と口淫によって絶頂まで打ち上げられた。体の奥から込み上げるものを抑え切れない。

「――はっ、あ、あ……！」

体内に潜《ひそ》んでいた白い濁《にご》りが、圧縮された空気のように細い管《くだ》を駆け抜ける。

一度目とは違う、これまで感じたことのない解放感だった。空を飛ぶ以上の悦びがある。浮遊するようであり、沈殿《ちんでん》するようでもあり、重力と離れたところでゆらゆらと漂《ただよ》っていた。

二度目の射精はいつまでも終わらず、断続的に続いていく。

放出した精液は一滴《いってき》残らず蒼真の舌の上で転がされ、存分に味わわれた。

最後は喉の奥へと落ちて、ごくりと嚥下《えんか》する音が性器を伝って響いてくる。

「あ……うあ……」

「――ッ、ン……」

指を抜かれてようやく終わったと思うや否や、管の粘膜《ねんまく》がひりつくほど強く吸われた。

浮かされた腰が一際《ひときわ》大きく弾け、精管の中を熱い物が駆けていく。

最後の最後、その数滴が奥に留まっていたことを蒼真はわかっていたのかもしれない。すべて吸い上げると、舌先だけを残しながら唇を引く。

「……っ、な……なんてことを、するんだ……指を、指を……挿《い》れるなんて……」

ユーリは遅れてやって来た衝撃に戦慄《おのの》きながら、涙の溜まった目で蒼真を睨《にら》み据えた。

彼もこちらを見ていて、名残惜《なごりお》しそうに、なおかつ見せつけるように鈴口を舐める。

「うっ……」

「指でも挿れないと一度で終わりそうだったから。仕方ないだろ？」

そう言って笑う蒼真の目は欲望に満ちていて、このまま犯されるか食われるのでは、と不安になる。実際に彼の性器は兆《きざ》していた。完全とは言えないまでも、反応しているのは確かだ。

──どうする気だ？　その巨大な物を……私の体に、挿れる気……なのか？

そんなことをされたら、堕天と呼ばれる黒化現象が起きてしまう。翼も髪も真っ黒に染まり、魔族に穢《けが》されたバーディアンとして一生蔑《さげす》まれる存在になるのだ。王位継承権はもちろんのこと、王族としての資格まで失い、群れから放りだされても文句は言えなくなる。

──ああ……しかし、私も同じことをしようとしたのだ……。

つい先程まで、堕天しても構わないから犯したい──そう思っていたはずなのに、今は堕天を避けなければいけないと思うだけの理性がある。淫毒の効果が薄れてきたのだろうか。いずれにしても交わるわけにはいかなかった。堕天はバーディアンにとって、屈辱と絶望の極みだ。

果たしてこの男はどこまで獣なのか──ユーリはその一挙手一投足《いっきょしゅいっとうそく》を捉《とら》えながら、次の展開に怯《おび》える。それを気取《けど》られまいとして、渾身《こんしん》の力を籠めて眼力を強めた。

人間の言うケダモノとは違い、純粋な獣は本能に忠実だ。

交わっても子のできない異種族の男を犯そうなどとは思わないはずだが、幸か不幸かこの男は人の腹から生まれた混血悪魔で、身も心も半分は人間と言える。

だからこそ交渉の余地があるものの、同性を相手に無益な性交をしかねない危《あや》うさもあった。

心なしか唇や肌の潤《うるお》いが増したように見える蒼真は、満腹と言わんばかりな顔で「フーッ」と息をつく。ユーリの緊張を知ってか知らずか、呑気な表情で俯《うつぶ》せに寝転がった。

すぐ隣に寝て、毛布に肘《ひじ》をつきながら尻を上向ける。「はぁ……美味かった」と、どこへともなく感想を述べたかと思うと、膝を折って宙でぶらぶらと足を動かし始めた。

「う、美味かったではない……よくもこんな恥知らずな真似を！」

蒼真は一連の行為を何がなんでも食餌にしたいようで、情緒がないのはもちろん、甘い余韻《よいん》も一切残さなかった。とても失礼なうえにモラルが低く、ふざけた男だ。

抱かれて堕天させられるのは御免だが、あれほど恥ずかしい恰好をさせておいて、あくまでも餌として扱うのはあんまりな話ではないのか？　そもそも食餌以外の意図が微塵《みじん》もなかったとは思えない。この男は大嘘《おおうそ》つきだ。挙げ句に、狙われた尻を平然と向けてきている。バーディアン如きにこの俺が犯られるわけがない――と、わざわざ余裕を示しているように見えた。

「美味い物は美味いって言いたくなるんだよ。不味《まず》いって言われるよりいいだろ？」

「いっそのこと不味いほうがいい……不味ければ其方に囲われることもない」

「いつ囲うって言った？　俺は好きにしろって言ってるだけなんだけど」

くすっと笑った蒼真は、相変わらず足をぶらぶらと動かしている。

足が動けば尻も動き、引き締まった双丘の形が変化する様が否応なく視界に入った。

極上の養分とされるバーディアンの体液を摂取した体は、やはり艶めいている。その肉体美は目を瞠《みは》るばかりだった。広背筋《こうはいきん》も大円筋《だいえんきん》も実に見事で、肩甲骨からは格別に立派な黄金色の翼が生えてきそうに見える。実際には四足で地を這う獣だというのに、許し難《がた》いほど美しい。

「……バーディアンは、契《ちぎ》った相手と番になる……そういう、掟なのだ……」

躍動感溢《やくどうかんあふ》れる蒼真の体に釘《くぎ》づけになりながら、ユーリは思わず息を呑む。

薄れたと思った淫魔の魔力の影響《えいきょう》は、どうやらまだ残っているようだった。

目の前の肢体《したい》が、酷く性的に感じられる。見れば見るほど欲しい気持ちが膨《ふく》らんだ。自分より大きな男だというのに色っぽく感じて、背中にも足にも尻にも触れたくて堪らなくなる。

契った相手とは、必ず番にならなければいけない――その掟の存在を、煩《わずら》わしく思っていない自分に気づいてしまった。堕天を避けなければならないという理性を持ちながらも、番いたいと望む気持ちもあるのだ。淫毒の影響か、自分の意思か、その見極めもつかないのに――。

「番って何？　番ならもう間に合ってるけど」

「……預かり物の人妻……と聞いた気がするが」

「そうだけど、それってお前と何か関係あるのか？」

「――っ」

この上なく不思議《ふしぎ》そうな顔で問われた瞬間、ずきりと胸が痛くなる。

軽く扱われて腹を立てるならまだしも、拒絶されたことそのものに痛みを感じた。

ユーリにとって、性交は生涯唯一人の相手とするものだ。群れには雌がいないため妻を持てず、ホーネットの女王が雌を解放しない限りは縁がないと思っていたが、たった今、同衾《どうきん》と言っても過言ではないことをしてしまった。けれども相手は、食餌だと言い張るばかりだ。

「――もう一度言う。バーディアンの掟では……契った相手と必ず……」

「俺はバーディアンじゃないし、お前と契った覚えはない」

これまでよりもきつい口調で否定され、言葉を切られたユーリは口籠《くちごも》る。

暖かい季節には人として生活しているので、自分の言動が現代の人間社会の常識と外《はず》れていることは理解していた。だが自分も蒼真も人間ではない。人目を避けて生きる者同士、掟はある。

「魔族の掟というものが……其方にもあるだろう？　私にも、守るべき掟がある。確かに其方はバーディアンではないし、私は堕天していないのだから契ったとまでは言えないが……だからと言って、なかったことにできることでもない」

「俺は掟を破ってお前を逃がす。お前も俺のことを忘れて群れに戻ればいい。簡単な話だろ？」

ああ、その通りだな……確かにその通りではあるのだ。

堕天したわけではないのだし、こんなに深刻に考える必要はない。

この男の言う通り、全部忘れてしまえばいいことだ。傷が治る頃には淫魔の魔力による酔いも醒《さ》め、今この瞬間に感じていること、考えていることのすべてが、馬鹿馬鹿しいと思えるのかもしれない。あの時の自分は淫毒に侵《おか》されてどうかしていたのだ。まともではなかった——そんなふうに思えたら、どんなにか楽だろう。

「其方にとっては……この小屋を出た途端に忘れられる程度のことかもしれないが、私には違う。この溝《みぞ》は、おそらく何を言っても埋められないのだろうな……」

自分が正気なのかどうかもわからないまま、ユーリは今の気持ちを口にしてみた。

魔族の貞操《ていそう》観念の低さを自分が理解できないように、蒼真また、こちらの感覚を理解できないだろう。そもそも自分ができないことを相手に強いること自体が傲慢《ごうまん》なのだ。

「私を番にする気がないなら、いっそのこと私を食らってくれ。辱《はずかし》められた身で突き放されて、生き恥《はじ》を晒《さら》すわけにはいかないのだ。それくらいなら、其方の血肉として生きるほうがましだ」

「俺の血肉として？」

「そうだ。番になることよりも一体感を得られる。その体の一部となって、私は豹と共に野山を駆け、これからも生き続けるのだ。私は掟を守り、其方もまた、魔族として本能に従った行いをする。仲間のことも私のことも、誰にも言わないでくれれば、それでいいのだ。お互いにとって悪い話ではないと思うが……」

目の前で寝そべっている蒼真は目を円《まる》くするばかりで、なかなか口を開こうとはしなかった。呆気《あっけ》に取られているのがわかったが、しかしユーリは退《ひ》かない。

「これは、私なりの求婚だ」

「——かれこれ三百年は生きてるけど、これまでで一番マシな求婚だな。悪くない」

「それでは……っ、私を……」

「食べないし、結婚もしないけどな。お前の求婚は悪くないけど、かと言ってよくもないんだ。献身的《けんしんてき》な獲物じゃ獣の狩猟本能《しゅりょうほんのう》を満たせないだろ？　人間の男だって据《す》え膳《ぜん》なんかすぐ飽《あ》きる」

「……っ、では、私が逃げたら……追いかけて食らうのか？」

「いや、普通に見送るだけ。まあ、もし万《まん》が一《いち》、男に興味のない俺がふらっとお前に手を出して堕天させて、さらに女王が死んで時代が変わるようなことがあったら考えてやってもいい」

「蒼真……」

にんまりと微笑みながら出された条件に喜びそうになったユーリだったが、身を乗りだすなり蒼真の意図に気づく。冷静に考えると、今のは甘い言葉でもなければ本気の約束でもないのだ。

最強無敵と言われる純血種の魔女が死ぬなど、まるで現実味のない話だった。

「其方は、酷《ひど》い男だな……不老不死の女王が死ぬわけがない。真剣に求婚している私に向かって、遠回しに……可能性はゼロだと、そう言っているのか？」

「いいや、奇跡《きせき》は稀《まれ》に起きるもんだろ？　もし起きた時には今の番を旦那の許《もと》に返してフリーになってるはずだし、お前を殺さずに、生きたまま番ってやるよ。食って食われて結ばれるなんて暗い考えは俺には理解できないからな。『死んで花実がなるものか』って言うだろ？」

「死んで、花実が……？」

知らない言葉を訊《き》き返すと、蒼真は「死んだら終わりだ」と言って腰に手を伸ばしてきた。

抱き寄せられるかと思ったが、そうではなかった。脇腹《わきばら》の傷に鼻先を近づけて、スンッ……と匂いを嗅ぎ始める。そうかと思うと腹部の包帯に染みていた血を舐めた。血液はすでに赤茶色に変化して固まっていたが、それでも彼にとっては魅力《みりょく》ある物らしい。

「お前の血は美味いな……食わずに囲って毎晩血や精液を啜れたら、最高だ」

「――私と番になったら、幸福な……薔薇色の日々を送れるか？」

「それはもう」

どことなく甘い苦笑を向けられると、胸がドクドクと騒ぎだす。

射精中の性器の如く心臓が弾けて、体内に熱い血を巡らせた。

触られているのは腰だけだというのに、全身が瞬《また》く間に火照っていく。

「蒼真、約束だぞ……」

「二つの条件がクリアできたら考えてやる。翼が治る前に俺を落とせなければ、何もかも忘れて逃げろよ。白い翼のまま群れに戻って、仲間達に――日本にはもう来るなと伝えるんだ」

「――わかった……約束する」

当然それが一番いい、永遠に白いままでいたい、群れに戻りたい、魔族に穢されたくない――バーディアンとしての正しい答えはわかっているのに、蒼真を見ていると心がふらついた。

堕天して黒くなり、そして時代が変わったら……蒼真の番として生きられる。

それがなんとも魅惑的《みわくてき》に思えるのだ。もちろん、食われて蒼真の血肉なっても構わない。むしろ食われてしまいたいと思うのは、食われる側のバーディアンの宿命だろうか。それとも淫魔の魔力のせいか……理由は曖昧《あいまい》だが、彼の中に入りたいのだ。何も恐れることなく、力強い肉食獣の中で生きていたい。痛みは一瞬。蒼真の中は温かくて、どんなにか心地《ここち》好いだろう。

「……あ……」

むくりと身を起こして迫ってきた蒼真の舌で、顎《あご》の先を舐められる。

そこから舌が離れると、至近距離で目が合った。紫の瞳が何かを訴えている。

美味い唾液をくれるなら、キスをしてもいい――そう言って誘っているような目だ。

「ん……う……」

ユーリは蒼真のうなじに触れ、頭を引き寄せながらキスをする。

視線から察した彼の意思に間違いはなく、すんなりと受け止められた。むしろ蒼真のほうから積極的に舌を入れてくる。パンの味が残る口内を探られて、執拗なくらい唾液を求められた。

蒼真にとっては食餌が主たる目的であり、今も餌として求められているのは承知しているが、人と人との関係は常に変化していくものだ。人間ではなくても同じこと——現に今も変わりつつある。大きく変わったのは自分だけかもしれないが、彼のキスも最初に比べたら甘やかなものになっていた。

「……少し震えてるな。人型だと寒いのか?」

長い口づけを終えた蒼真は、額《ひたい》と額を擦り合わせながら訊いてくる。

ユーリはどう答えるべきか迷った。寒くなどなかったが、興奮で震えているのは事実だ。

「寒くて、凍えそうだ」

その熱い肌で、心まで温めて欲しい……寒くはないけれど、もっと熱くして欲しい——そんな想いを籠めて蒼真の目を真っ直ぐに見つめると、彼はフッと息を抜いて笑った。

確証はないが、本心を見抜かれた気がする。本心というよりは、下心と言ったほうが相応しいかもしれない。ユーリが生まれて初めて自覚した下心だった。

「変容したほうが体温上がるけど、どっちがいい?」

毛布を背負いつつ密着してきた蒼真に、ユーリは「そのままがいい」と答える。

すると彼は、「好了《ハオラ》」と言いながら無遠慮《ぶえんりょ》に覆い被さってきた。

バーディアンは体重が軽いため、蒼真の体重は自分の二倍はあるだろう。

当然ずしりと重みを感じたが、苦しくはなかった。密着している実感に充足感《じゅうそくかん》すら覚える。

「バーディアンの体は冷たいんだな。本物の白鳥とは大違いだ」

「其方の体が……蒼真の体が熱過ぎるのだ。こうしていると、溶けていく氷の気分を味わえる」

逞《たくま》しい背中に手を回したユーリは、彼の熱に酔う。毛布の中はすっかり暖かくなっていた。

不意に蒼真が体を横に流したので、密着しながらも負荷は減る。

胸と胸が張りついて、心臓の音がダイレクトに伝わってきた。

蒼真の鼓動《こどう》は規則正しいが、自分のそれは酷く乱れている。

興奮を抑えようとしたユーリは、大きな毛布に包まれながら密《ひそ》かに深呼吸を繰り返した。

そうしていると、籠《こも》った匂いに気づかされる。蜜林檎やホワイトフローラルの香りは薄くなり、今は爽《さわ》やかな香りを感じた。オリエンタルで高貴な香りでもある。

「肌から茉莉花に近い匂いがする。あとは、メリッサ……それと、ベルガモットか？」

「俺の生来の匂いは茉莉花に似てるからな。番が調香師なんで、体臭に合うよう香料を調合したスキンローションを作ってくれてる。お前の匂いはカモミールに似てるな」

ユーリはこくりと頷《うなず》きながら蒼真の首筋に顔を埋め、彼本来の匂いと香料の香りを愉《たの》しむ。

顔も体も美しい男だが、香りまで突出して素晴らしく感じられた。

実際に素晴らしいのか、それとも淫毒のせいで恋に落ちたような錯覚《さっかく》を覚え、恋は盲目《もうもく》という状態になっているだけなのか、本当のところはわからない。真実がどうであれ、少なくとも今は惹《ひ》かれてしまっている。獣人らしい筋肉や雄特有の艶色《えんしょく》に心を摑まれ、逃れられなかった。

身近に雌の姿はなく、若い個体も減り、囚《とら》われた同胞《どうほう》を解放してもらえる見込みもない滅《ほろ》びの種族の王子という立場を顧《かえり》みると、敵に求婚したり慣れ合ったりしてはいけないのだが、しかし生まれて此《こ》の方《かた》こんなにも幸福感を覚えたことはない。

この男は美しくて温かくて、いい香りがして、耳に心地好い声の持ち主で、そして心臓を熱く燃やしてくれる。今もまだ血が滾《たぎ》り続け、穀物を摂取した時以上のエネルギーを感じた。

「――あ、そうだ……俺の番が、どんなパンが好きか教えてくれって。そんなこと訊けるくらい和やかに済んでよかった」

手触りを愉しむように髪を梳《す》かれながら問われ、ユーリは和やかという言葉に反応する。

蒼真は自分が襲ったバーディアンとの関係がどうなるかわからず、もっと歯向かわれることも覚悟していたのかもしれない。

そうならなかったことを率直に喜び、「和やかに済んでよかった」と、はっきりと言葉にした蒼真に、しばし何も返せなかった。きらきらと輝く感情が、血流に乗って広がっていく。

どうしたらよいかわからなくなって伏せた瞼の裏が、じんわりと熱を孕《はら》む。自分の中にこんな熱量があったのかと驚くばかりだが、広がる感情はとても明るく好ましいものだ。淫毒のせいで判断力が鈍っているわけではない。蒼真は敵ではないのだと、確信できていることが嬉《うれ》しい。

「蒼真……其方の番殿に、先程のパンの礼を……大変美味であったと伝えてくれ。柔らかくて、本当に幸せな味だった。ロシアではライ麦を原料にした、重たい黒パンが主流なのだ」

「ああ、ミルクに浸《ひた》さないと硬《かた》いやつな」

「そう、腹持ちはよいのだが。ピロシキもフィリングに肉を使っていない物は少ないし、我々の食糧事情はあまりよくない。あのようにふんわりと優しげなパンは口にしたことがなかった」

「へぇ、王子様でもそんなもんか？」

「王子も何もないのだ……かつては隠し財産もあったが、拷問《ごうもん》の末に魔族に奪われてしまった。戸籍も持たない我々は日銭《ひぜに》を稼《かせ》いで細々と暮らしている。王子も臣下も等しく貧《まず》しい」

「それは申し訳ない話だな」

「──蒼真は、バーディアン狩りに加わったことがあるのか？」

「いや、主に吸血鬼と海獣人《マーメイド》の役目だから俺はないけど、もしも命じられれば狩っただろうし、バーディアンから奪った財産はなんらかの形で俺の生活にも関わってるはずだ」

「正直者だな……誇りばかりで逃げるしか能がなく、滅びに向かう我々に憐憫《れんびん》を感じるか？」

「ああ、感じるな。誇りよりも何もよりも、多くの子を残して種の保存に努めるのが獣の本能だ。理由はなんであれ、滅びるのは憐《あわ》れに思う」

「……そうか、やはり憐れか……」

本当は笑い事ではないのだが、ユーリは憂色《ゆうしょく》を残した顔で微笑む。

身近に本音を言う者がいなかったこともあり、ストレートな言葉が新鮮《しんせん》に感じられた。

表面上は自分を王子として扱う仲間達が、腹の底で何を考えているのか、ユーリは物心ついた頃から察していたのだ。

バーディアンは卵の段階では性別がわからないため、最後の卵として残っていた自分は一族の希望だったのに、孵化と同時に絶望を齎《もたら》してしまった。百年間……王女だと信じて大切に守ってくれた仲間達の気持ちを思うと、いつも胸が痛む。

「思わぬ方向に逸《そ》れてしまったが、好きなパンの話だったな」

蒼真を責めるつもりはないユーリは、改めて彼の顔を見つめる。

魔族を怨《うら》んでいないと言えば嘘になるが、一族が滅亡《めつぼう》に向かった本当の理由から目を背《そむ》けてはいなかった。元々繁殖力に問題があり、魔族のように圧倒的な進化を遂《と》げられなかった時点で、種の終わりは見えていたのだ。

「肉や魚を使っていない柔らかなパン……できれば甘い物が好きだ。しかし贅沢《ぜいたく》を言う気はない。小麦粉だけ分けてもらえれば十分だ」

「……粉だけもらってどうするんだ？」

「水に溶いて飲む。それだけでも生きていける」

「それはちょっと、見てるこっちが悲しくなりそうだな」

蒼真は苦々しい顔をしながら、「甘くて柔らかいのを頼んでおくから、楽しみにしてろよ」と言った。苦笑気味ではあったが、彼が笑ったのでユーリも釣《つ》られて笑う。

蒼真はホーネット教会に所属する貴族悪魔の一人で、自分は追われる種族の王子……しかし今、彼と自分はただの一個人として向き合っているのだ。本来なら乗り越えられない高い壁を易々と越えられたのは、蒼真がニュートラルな魂《たましい》を持っているせいだろう。

立場がどうであれ、彼の心は風のように自由なのかもしれない。

3

ユーリの歌を聴いているうちに眠ってしまい、いつの間にか変容して豹の姿で目を覚ます――そんなことにも慣れてきた蒼真は、ああまたか……と諦《あきら》めの息をついた。

バーディアンは声で鳥を支配すると言われているが、そのための声域《せいいき》や旋律《せんりつ》があり、それらを避けて歌うこともできる。高中低音域を自在に操《あやつ》ることが可能で、伸びのよい美声と、圧倒的な歌唱力を誇っていた。そんなユーリが声量を抑えて歌う子守唄《こもりうた》は格別に心地好く、蒼真は毎夜、一服盛《いっぷくも》られたように睡魔《すいま》に襲われてしまう。癒され過ぎて、ある種の攻撃とも取れるほどだ。

――ユーリの歌も今夜で聞き納めだ。俺が終わらせないと……。

白鳥の王子はベッドの隅に座り、背中を向けながら歌っている。今は子守唄ではなく、日本の童謡《どうよう》を口ずさんでいた。ロシア語と中国語、そして日本語が堪能《たんのう》で、歌に関しては国境を越えて様々な言語で自由自在に歌える。まるで至高のジュークボックスだ。

蒼真は豹の姿でキングサイズのベッドに横たわりながら、目覚めたことに気づいていない彼の背中を見ていた。ただ眺《なが》めているのではなく、観察として見る。

もっとも治りが遅かった右上半身の咬み傷も、今は完治していた。座りながらも背筋を正しているので、筋肉や肩甲骨の形がよく見える。今にも純白の翼が生えてきそうな白い背中だ。

――今日で十日目。

ユーリに重傷を負わせ、その後保護していた蒼真は、着々と迫る別れの時に少なからず安堵《あんど》の念を抱いていた。寂寥感《せきりょうかん》は無きにしも非《あら》ずだが、感情に流されている場合ではないのだ。

ここは二日目の夜に移動した別邸《べってい》で、浅間山《あさまやま》を背にする軽井沢千ケ滝《せんがたき》にある。近隣の別荘とは一線を画《かく》す高台に建ち、普段は眷属が暮らしているので手入れも行き届いていた。暖炉《だんろ》や循環式《じゅんかんしき》ヒーターに、着替えや食糧など、必要な物はなんでも揃《そろ》っていて、すべての扉《とびら》にレバー式のドアノブがついている。豹としても人間としても快適に過ごすことができた。

「蒼真……起きていたのか」

童謡を歌い終えたユーリが、振り返って膝を寄せてくる。豹に咬まれて重傷を負ったことなど忘れたかのように、毛皮に顔を埋めてきた。特に温かい前脚の付け根が好きらしく、いつも手を忍《しの》ばせてくる。人間で言うなら脇の下で、豹の時でも少しくすぐったい場所だ。

絹《きぬ》の寝具で統一されたベッドに寝転がったユーリを、蒼真は豹の姿で押し倒す。

怖がらせたいわけではないが、怖がるかどうか確かめたいと思う時が間々あった。

「なんだか険《けわ》しい顔つきだな。がぶりとやられそうだ」

『――怖いか？』

「いいや。蒼真に食われるなら本望《ほんもう》だ。死しても花実はなると、私は信じているから……」

豹に組み敷かれた恰好のユーリは、口角を持ち上げながら微笑みを浮かべる。

初めて会った日に青白い顔で怯えていたのが嘘のようだった。紺が焼いた栄養価の高いパンを毎日食べ続けているユーリは、生き生きと輝くばかりの微笑《びしょう》で死を語る。

捕食者の自分には理解し難い感覚だったが、ユーリには、愛する者に食われることで実を結ぶという概念《がいねん》があり、どうにも捨てられないようだった。第二の人生のように捉えているらしい。

問題は、そういった言葉に不快《ふかい》にならないどころか、ユーリと口づけるためにわざわざ人型に戻る自分にあると、蒼真は思っていた。狩猟本能を刺激しない獲物を殺す気などないが、気位《きぐらい》が高そうな見た目とは裏腹に献身的なユーリを見ていると、なんとなく可愛がりたくなってしまう。

今もまた、早々に変容した。ユーリの肩を押さえていた前脚を五本指の手に変えて、咬みつきたいほど美味しそうな唇に食らいつく。

「う……んぅ……」

極上の餌だからそそられる。それは紛れもない事実であり、否定するつもりはない。

しかしそれだけが目的だと頑《かたく》なに言い張るのは難しくなっていた。ユーリの冷たい唇の感触が好きで、キスの最中に襟足《えりあし》を情熱的に撫でられるのも嫌いじゃない。しつこくない程度に弁《わきま》えた触りかたをされると、期待に応えたくなる。喜ぶだろうと思うことをついやってしまうのだ。

「ふ……あ……」

口づけながら性器に手を伸ばし、雄のそれを扱くのも慣れてきた。

蒼真はこの十日間、毎晩ユーリを乱して極上の体液を啜り、夜明け前に鹿島の森の居邸に戻る生活を続けている。紲と馨の様子を見てから眠って、日が落ちる頃に狩りに出て、そのあと紲が焼いたパンを取りに戻って千ヶ滝の別荘へ……という流れだ。

――いい加減まずいよな。そろそろ女王の千里眼《せんりがん》が飛んできそうだ。

からまつの森の奥に佇《たたず》む屋敷の二階で、蒼真はユーリと肌を合わせながら焦《あせ》りを感じる。

時間的な限界が迫っていた。純血種の悪魔は千里眼を使うことが可能で、ホーネットの女王は不定期にすべての貴族悪魔の様子を覗《のぞ》き見て、裏切り行為がないかどうかを確かめる。

この世に二人存在してはならない純血種の馨を匿《かくま》っている以上、蒼真にはただでさえ後ろ暗いところがあった。もしも馨が禁断の純血種だと気づかれれば、馨本人は疎か、紲も蒼真も蒼真の眷属も処刑《しょけい》される。馨が育ってクーデターを成功させるまで決して気を緩《ゆる》めてはならないのに、自分は別の反逆行為に手を染めているのだ。もう十日も危険な真似を続けている。

「ユーリ……」

蒼真はユーリの体を俯せに倒して、右の肩甲骨に口づけた。

唇だけではなく上下の歯列まで当てる。豹の牙で傷つけた所を、そっと甘噛《あまが》みした。

「ふ、は……あ……」

腹のほうに回した手で張り詰めた雄を愛撫しながら、いつ言おうかと考える。

怪我は治ったのだから、白鳥に変容することもシベリアまで飛んでいくこともできるだろう。一昨日《おととい》の段階で、俺が言うべきなんだろうな……と、蒼真は思っていた。けれどユーリは傷の具合について言及せず、自分もまた、早くどこかに飛んでいけとは言えなかったのだ。

「蒼真……っ、私は……其方と一つになりたい……愛している」

ユーリは番になる条件をクリアすべく、交わりを求める。紲の淫毒が影響しているとしか思えなかったが、そのわりに襲いかかってくることはなく、恥じらってほんのりと頬を染めていた。

蒼真が誘惑に負けて穢そうものなら取り返しのつかないことになるのに、自ら尻に両手を運び、おずおずと肉を摑む。そして、「抱かせてくれないのなら、其方が……」と、声を震わせた。

このまま止めずに放っておいたら、摑んだ尻肉を徐々に広げることだろう。白い肌を真っ赤に染めながら後孔を見せてきて、堕天したいだの食われたいだのと、愚《おろ》かな結末を求めるはずだ。

「はしたないのは嫌いなんだろ？　王子様らしく上品にしてろよ」

「あ、う、ぁ……」

蒼真はユーリの尻をぴしゃりと叩《たた》き、そこにある手を払《はら》う。

代わりに自分の掌《てのひら》を押しつけた。夜目《よめ》にも白い肌を、捏ねるように揉《も》む。

硬質な男の尻になど興味はなかったが、ユーリの体を綺麗《きれい》だと思った。手触りもとてもいい。

月明かりに照らされた肉のあわいには、弄りたくなる窄まりが潜んでいた。眠る前に散々指で突いて達かせたので、熟《う》れた果実のように充血している。

「あ、あ……蒼真……」

ユーリの尻を揉み解した蒼真は、白い双丘に顔を埋めた。

淫靡《いんび》な孔に舌を這わせ、唾液を表面に塗りつける。その下にぶら下がっている物さえ、美味な精液の巣だと思うと愛しく思えた。

「――ッ、ン……」

「は……ぁ、ふっ」

蒼真は再びユーリの体の前面に手を回して、腹に届いている彼の雄を扱く。

そしてもう片方の手でユーリの尻を広げ、薄桃色の孔を執拗に舐《ねぶ》った。

巣の重みで張り詰めた袋の裏まで愛撫して、ひくつく孔に舌を突き入れる。

「う、ん……うあ……っ」

ユーリは俯せになってシーツを摑みながら、枕に埋めた顔を左右に動かす。

蒼真の体が反応しているかどうか、見える位置を探しているのだ。今は見えないようだったが、いつも見られていることを蒼真は知っていた。直接、「そんなになっているなら我慢することはない」と言われたことも、「蒼真の体に触れてみたい」と求められたこともある。

──堕天の問題がなければ、たぶん犯ってるんだろうな。

挿入したいと思うことは確かにあった。いつもではないが、時々無性《むしょう》に挿《い》れたくなる。

この孔に、舌でもなく指でもなく、はち切れそうなほど昂った物を捩《ね》じ込んでみたい。

ユーリの体は筋肉質だが、後孔は柔らかく解れるので、その気になればすぐに貫《つらぬ》けるだろう。

──こんなことしてりゃ挿れたくもなるさ、男ですから……。

しかし一時の快楽に流されるわけにはいかないのだ。バーディアンが魔族に穢されると、白い翼が闇《やみ》の色に染まってしまう。そうなったところでバーディアンであることに変わりはないが、元の姿に戻ることはできない。悪魔の所有物として、隷属《れいぞく》の烙印《らくいん》を押されるも同然だった。

──そんなこと、覚悟もなしにできるわけないし。

ユーリの体を毎日弄っているうちに、後孔で得られる快感を生々しく想像できるようになった蒼真は、狭隘な肉洞に全方向からギチギチと締めつけられる分身を思い描く。

そんなふうに食いつかれながら奥を突いたら、どんなに気持ちがいいだろう。根元まで深々と埋め込んで、蠢く肉に翻弄されながら思い切り達きたい。濃厚な精液でユーリの最奥を打って、それを肉笠に引っかけながら体内に広げて、グチャグチャに掻き混ぜて——。

「う、あ……っ、あ——」

はっと我に返った時には遅く、蒼真はユーリの絶頂を掌で感じた。

妄想に興奮して激しく愛撫していたことに気づくや否や、絹のシーツに染み込んだ精液を見て愕然とする。建前《たてまえ》上は食餌行為のはずなのに、これでは本末転倒だ。

「蒼真……もう、時間がないのだろう……今夜こそ、私を……」

無理だ、そんなことできない。食欲ではないとしても性欲に突き動かされているだけで、俺はお前のことをなんとも思ってないし、番になんてなれないし一緒にも暮らせない。

それでも多少なりと情はあるから、食べるわけにもいかない。一時の衝動で堕天させて面倒《めんどう》を被《こうむ》るのは御免だ——そう言って完全な拒絶を決め込みたいのに、どれも言葉にならなかった。

「あ、うわ……あ……っ」

蒼真は黙ってユーリの体を仰向けにし、ヘッドボードに寄りかかる形で座らせる。

両膝を引っ掴むなり左右に広げさせて、すらりと長い足の間で身を伏せた。

鈴口に舌を這わせ、本来なら一滴《いってき》も無駄にしたくなかった精液を舐め取る。白濁に濡れた腹も胸も舐めるつもりだった。これ以上、一滴も残さずに飲み干したい。

「ん、は……あ、蒼真……ぁ……」

「――ッ、ン……」

「蒼真……どうか、私を……其方の物に……！」

ユーリは蒼真に穢されることを望み、「掟を順守したいだけではない」と訴えてくる。

今すぐに食べられて一つになるか、黒い姿になってしばし離れ、時代が変わるのを待つか……

それが今のユーリの望みだった。顔を見ないようにしていても、切なげな表情が頭に浮かぶ。

――やめろよ、ますます重くなるだろ……。

こんな白い生き物に手なんか出すんじゃなかった。クーデターが失敗したら処刑される身で、気安く触れた自分が悪い。せめて最初の一度で終わりにしておけばいいものを、今もこうして、性行為に近いことをしてしまっている。帰り道に必ず後悔《こうかい》し、明日はやめようと思うのに、また触れて、舐めて……同じ過《あやま》ちを繰り返すのは獣の所業《しょぎょう》だ。酷く中途半端なことをしている――。

「ふ……あ、あ……っ」

ごくりと喉を鳴らしてユーリの精液を飲み干した蒼真は、管の中の残滓《ざんし》まで吸い上げた。

同時に菓子パンの入った食品用コンテナに手を伸ばす。今夜こそ「もう飛べるよな？」と促すつもりでいるのに、最後の最後に決定的な間違いを犯したくなかった。

「く、う……ぐ」

蒼真がユーリの口に甘食を詰め込むと、彼はくぐもった声を出す。そして悲しげな顔をした。

作ってくれた紬には申し訳ない限りだが、ベッドの上で食べさせても喜ばれない。

「うっ……や、やめ……嫌、だ……」

「――ダメだ。ちゃんと口を開けろ」

「ん……うぅ……！」

何度も果てて濡れた目に哀願《あいがん》されても、蒼真はユーリに食事を強要した。

蒼真にとって彼と寝るこのベッドは、食卓でなければならない。それは絶対だ。

情欲を否定するためのポーズではなく、ユーリがパンを食べる姿を見ることで、蒼真は自分の体を落ち着かせることができた。これはユーリの食事、そして俺の食餌――視覚と聴覚で現状を認識しながら、欲望を抑え込む。そうすると少しずつだが、滾った血が引いていくのだ。

「全部食べろよ」

甘食の入ったコンテナをユーリに押しつけ、蒼真は豹柄のガウンに手を伸ばす。

背中に視線を感じたが、構わずに袖《そで》を通した。もうすぐ夜が明けるため、ここを去って自宅に帰らなければならない。その前に別れを切りだすつもりだった。

――別れ……しばしの……或《ある》いは永遠の……。

いつ切りだそう、どう説得しよう――そんなことばかり考えていたが、本来は共存する種ではなく、別れたら二度と会えないかもしれない。ユーリの美味な体液を啜ることも、芳《かぐわ》しい香りを嗅ぐことも、美しい歌声を聴きながら眠ることもできなくなるのだ。

蒼真は独り、この十日間の出来事と自分の感情をなぞってみる。

女王の千里眼で覗かれたらと思うと気が気ではなかったが、それでも不快なことは一つもなく、永遠に会えないのかと思うと後ろ髪を引かれた。

ユーリを食べて自分の血肉にすることを、結実だとも結婚だとも思えない蒼真は、別の方法で一緒にいられないかと考えてしまう。女王を倒さない限り無理だと、わかり切っているのに――。

「番殿に、美味なパンをご馳走《ちそう》になり心より感謝している……と、伝えておいてくれないか?」

背中に向かって突然言われ、蒼真は勢いよく振り返りそうになった。

それを制して、顔を見せないまま動揺《どうよう》を隠し通す。

「今は伝言で済ませるが、いつか直接礼を言うぞ」

未だに紬の名を知らないユーリに、蒼真は「ああ、そうしてくれ」と言いたくなった。

そういう時が来たらいいと思っている。けれども簡単に口にはできなかった。

「――やっと飛べそうか?」

「ああ、もう完治しているからな。其方と……番いたくて、十日目まで……粘《ねば》ってみたのだ」

「ユーリ……」

振り返ると、食事を終えたユーリが微笑を湛《たた》えていた。今にも泣きだしそうな諦観《ていかん》の笑みだ。

「心配しなくても、私は今の状況が危ういことをわかっている。私とて、其方がバーディアンを匿った罪《つみ》で罰《ばっ》せられたらと思うと不安でならなかった。女王が千里眼を使えることも、魔族達がそれによって縛られていることも承知している」

凛《りん》とした翡翠色の瞳に射抜かれながら、蒼真はベッドに膝をつく。

別れを覚悟しているユーリの頬に触れ、「元気でいろよ」と告げた。

ひんやりとした肌を撫でると喪失感《そうしつかん》を覚え、胸の奥に隙間風が抜ける。

「最後に、正直に答えてくれ。餌としてではない私を、少しくらいは好きになってくれたか?」

「……どうしても食い殺せないくらいには」

蒼真が答えた瞬間、ユーリは顔を綻ばせた。

どちらからともなく触れ合って、静かな抱擁《ほうよう》を交わす。

「今度会った時は、堕天させてやるよ」

カモミールの香りを吸いながら囁いた蒼真は、透き通るようなベビーブロンドに口づけた。

あまりにも美しくて、いつか黒髪にしてしまうのが惜しい髪だ。

「約束だぞ……時代が変わったら、私を堕天させて……そして……」

「食わずに、生きたまま番にしてやるよ」

「蒼真……っ」

ユーリは声を震わせながら、力いっぱい抱きついてくる。体も小刻《こきざ》みに震えていた。

しっかりとした抱き心地のわりに全体重をかけられても軽かったが、交わした約束は重い。

時代が変わった時、自分も変わるのだろうか。それともすでに変わったのだろうか——そんなことを考えながらユーリを抱き締めていた蒼真は、白み始める空に目を向けた。

冬だというのに夜が短く感じられる。朝の気配が迫っていた。

「私は、このまま飛び立とう……泣き顔は、見ないでくれ……」

ユーリは横に身をずらし、蒼真の腕をすり抜ける。

こうと決めたら潔《いさぎよ》い性格だ。止めようがないほど速《すみ》やかにベッドから下りてしまう。

わずかな重みを失ってまたもや喪失感を覚えた蒼真は、黙ってユーリの背中を見送った。

暗いウォールナットの床に白い裸体《らたい》が浮き上がり、白夜《びゃくや》に降りた白鳥の化身《けしん》のように見える。

もしくは、舞台の上で青白いスポットライトを浴びるバレエダンサーだ。すらりと背が高く、しなやかな手足は真っ直ぐで、如何にも跳躍力《ちょうやくりょく》がありそうな筋肉がついている。指先で空を掻き、爪先でトンと床を蹴って、空まで跳んでいきそうだ。

ユーリはバルコニーに続く窓を開け、振り返らずに外に出た。

白亜《はくあ》のバルコニーに立ち、白鳥に擬態化しようしているのがわかる。

蒼真は座っていられなくなってベッドから立ち上がったが、それ以上のことはしなかった。

クーデターを起こすか否かは女王の行動と馨の成長、そして馨の意思次第で、自分達は今後も女王の支配下で生き続ける可能性がある。反旗《はんき》を翻《ひるがえ》して勝つか負けるかの二択ではないのだ。

時代を変えようとすることさえ、しないで終わるかもしれない。ホーネットは永遠に変わらず、バーディアンは餌のままかもしれない。再会したら番にするなんて約束をしてしまったけれど、再び会える保証はなかった。これが、本当に最後かもしれない——。

蒼真は心に焼きつけるつもりで目を凝《こ》らし、白い背中に浮かび上がる二つの亀裂《きれつ》を見つめる。

まるで、植物の発芽の過程や、蝶《ちょう》が蛹《さなぎ》から羽化《うか》する様を高速再生で見ているかのようだった。

小さな亀裂から翼の末端が現れるや否や、一気に膨らんで広がっていく。

蒼真は今目にしている物が幻覚《げんかく》ではないかと疑い、思わず「——ッ、ア……！」と声を上げた。

純白であるはずのそれは、紛うことなき黒だったのだ。

続いて全身の肌が真っ黒な羽毛《うもう》で覆い尽《つ》くされる。頭部が変形し、首が伸び、目を瞠《みは》る速度で黒鳥の姿に擬態した。

「ユーリ……ッ！」

何故、どうして——絶対に見間違いだと思いたい蒼真の声に反応し、黒鳥が振り返る。

その瞳は鮮《あざ》やかな紫色だった。貴族悪魔と同じ、水銀を混ぜたように輝く紫の瞳だ。

自分の今の姿を知らないであろうユーリは、黒鳥の姿でぽろぽろと涙を零《こぼ》す。

蒼真の目には、人型のユーリの姿と重なって見えた。当然のように金髪翠眼《すいがん》を思い描いたが、果たして現実はどうなのだろうか……黒鳥になったということは、やはり人型も——。

——そう、なのか？　穢してないのに……堕天、させたのか？　俺が……！

混乱する蒼真を余所《よそ》に、黒鳥は前を向いて軽やかに飛び立つ。

開帳した翼は四メートル以上もありそうだった。力強い漆黒《しっこく》の翼が風を捉えて、いとも簡単に飛んでいく。地を這う宿命を持って生まれた蒼真には、縁遠く実感のない飛翔だった。ユーリはあまりにも当たり前に、そして美しく飛べるのだ。

「……嘘だろ……なんで……っ」

紫眼《しがん》を持つ漆黒の鳥は、驚くべき速さで夜空に消えた。

バルコニーに駆けだした蒼真は、追いたくても追えない体で膝をつく。

ユーリが自分の姿に気づいて戻ってくるのを、待つことしかできなかった。

4

ロシア、ウラジオストク――かつてソビエト連邦《れんぽう》の軍事拠点《ぐんじきょてん》であり、外国人が踏み込むことを許されない軍港であった秘密都市は、ここ数十年の間に観光地として大きな発展を遂げた。

バーディアン一族が緊急に日本を去ってからは、十五年と半年が経っている。ユーリが魔族に見つかったために流浪《るろう》を続けた一族だったが、仕事を見つけ易《やす》いこの街に拠点を戻していた。

蒼真と出会った頃は臣下に扶養《ふよう》されていたユーリも、今は休みなく働いている。

昼はパン屋に勤め、夜はクラブ歌手をしていた。年を取らない関係で写真を撮られては都合が悪いため、一族の者は皆、写真撮影を避けられる職場を選んでいる。なおかつ、戸籍がなくても雇ってくれる雇用者を見つけなければ、人として最低限の暮らしをすることも儘《まま》ならないのだ。

幸いユーリは見映えがよいので、不況下にありながらも働き口に困ることはなかった。むしろ引く手数多《あまた》で、華々しい職業に就《つ》かせようとする人間が寄ってくることも多い。光を集めて輝く黒髪と、ミステリアスで高貴な紫眼は、その美貌《びぼう》を以前にも増して艶めいたものに変えていた。

「おい支配人、給金の額が足りないぞ。また減ってるじゃないか」

中国人客をターゲットにしたショーレストランの楽屋で、ユーリは支配人の顔を睨み上げる。

肉と酒ばかり摂ってでっぷりと太ったロシア人の男は、「目敏《めざと》いな」と言って笑った。

まったく笑えない状況だが、この男は大抵のことを笑って誤魔化《ごまか》す。

「客の入りが悪くなってるし、しょうがないだろ？　うちは元々ダンスショーだけで歌はやってなかったのを、どうしても雇ってくれって言うから雇ってるんだ。アンタ目当てに来る客も多いから続けて欲しいと思っちゃいるが、店の存続が危なくてそれ以上は出せそうにない」

「そうか、そういう事情なら仕方がないな。……だが減らすなら事前にきちんと相談してくれ。それが筋《すじ》というものだろう？　この店が潰《つぶ》れたら私も困るのだから」

「ああそうだったな、アンタは相談し甲斐《がい》のある人間だった。しかし変わってるよな……意地を張ってないでパトロンでも見つけりゃいいのに。男でも女でも選《よ》り取《ど》り見取《みど》りだろ？」

「意地など張った覚えはない。私には婚約者がいるのだ」

淡々《たんたん》と答えたユーリは、ステージ衣装をハンガーにかけてから給金袋をもう一度開く。

今夜の客からもらったチップを数え、それを袋の中に入れた。

合計金額を暗算すると、景気の悪さを改めて感じる。

「アンタの婚約者ならスタイル抜群の美人だろうな。どんなタイプだ？」

「とてもセクシーなブロンドの美人だ。特に体が素晴らしい」

即答すると、支配人は尻上がりな口笛《くちぶえ》を吹いた。「ご馳走様」と言って首を竦めてから楽屋を出ていく。店の存続が危ないと言っているわりには、日々横に広がるばかりの後ろ姿だ。

当のユーリは口笛どころではなく、独りになるなり鬱々《うつうつ》と息をつく。週毎に賃金が減っていき、人としての生活は苦しくなるばかりだった。支配人が善良な人間ではないことはわかっているが、強気に出るわけにもいかない。景気が悪化して次々と店が潰れているのは事実だった。

――こんな調子ではパンの材料すら買えない……。

夏物のジャケットに身を包んで店の裏口から出たユーリは、俯きながら家路を急ぐ。

ポケットに入れた給金袋の中の金を使えば、基本的な製パン材料はもちろん、パンに練《ね》り込む上質なドライフルーツや生クリームなどもたくさん買えるが、稼いだ金を自由に使えるわけではないのだ。バーディアンは群れで支え合いながら生活しているため、給金はチップを含めて全額上納する決まりがある。取り仕切っているのは、執政官一名と政務官《せいむかん》三名だ。

ユーリは直系王族だが、王が身罷《みまか》ったあとでも結婚するまでは王子と呼ばれるのが習わしで、王になるまでは何をするにも後継人である執政官の意見を仰がなければならない。

雌がいない以上ユーリが権限を握る見込みはないため、元より厚遇《こうぐう》されてはいなかったのだが、堕天したあとは最下級の地位まで落とされてしまった。ユーリが王位継承権《けいしょうけん》を剝奪《はくだつ》されたことにより、王族の血をわずかに引く執政官の甥が王子の位に就いている。

――蒼真のために最高に美味なパンを焼けるようになりたいのに、マスターできたのは簡単な物ばかりだ……。

金角湾沿いにあるカラベーリナヤ海岸通りを歩いていたユーリは、蒼真に自分の焼いたパンを食べさせる瞬間を思い描く。

王位継承権や身分のことなど大した問題ではなく、製パン材料を買うだけの分配金がないのが問題だった。蒼真が肉食なのはわかっているものの、人間の時の好物はパンなのだと思っているユーリは、勤め先のパン屋の商品ではなく、彼の番が焼いてくれた物を目標としている。

あの十日間に食したパンは、どれも香りがよくて柔らかく、冷めていても口に含むと温もりが感じられた。蒼真は番のことを、料理上手で綺麗好きの働き者だと褒めていたし、ユーリが彼の作った物を褒めると、得意げな顔で笑っていたのだ。

――私のことも、あんなふうに褒めてくれるだろうか？

蒼真と番になって共に暮らすことを望むユーリは、彼をあらゆる面でサポートし、癒したいと思っている。一緒に居る価値のあるパートナーだと思われたいのだ。

パンを作る時も自分の好みの物ばかりではなく、苦手な肉に触れて彼好みのフィリングを作るつもりでいる。中国やロシアで暮らしていたこともあると言っていたので、肉まんやピロシキも作れるようになりたい。早く腕を上げて、体液以外でも美味しいと言わせたかった。

しかし現実は厳しく、勤め先のパン屋が使っている材料を少し分けてもらっても、蒼真の番が作っていたパンには遠く及《およ》ばない。もちろん腕の差もあるが、素材の差も大きかった。

ユーリはポケットの中にある給金袋を意識しながら、夜間営業の高級スーパーに駆け込みたい気持ちを抑える。上納せずに全部自分で使うなら、バターも小麦粉もミルクも砂糖も、高品質な物を買えるのだ。この手で粉の感触を感じて、目いっぱい愛情を籠めて生地を捏ね、パンを焼くことができる。

想像を膨らませるものの実際には金を勝手に使えるわけもなく、ユーリは夜風に当たりながら溜め息をついた。卵で百年、孵化してから堕天するまで二十年、ずっと守り育ててもらった身だ。たとえどんなに忌《い》み嫌われようと、仲間のために尽くしたい気持ちは変わらなかった。

「――っ⁉」

時折海を見ながら海岸沿いを歩いていたユーリは、人の気配に我に返る。

一定の距離を取って、何者かがついて来ていることに気づいた。

足音が聞こえ、さらに離れた位置から車までついて来ている。

この街は緯度が高いために暗くなるのが非常に遅く、出勤時は夜道とは思えないほど明るいが、帰り際はさすがに真っ暗だ。二年ほど前までは観光地として栄えていたが、景気の悪化で随分と寂しくなってしまった。観光客も半減し、外灯の灯りも心許ない。

「君、待ちたまえ。君に話がある！」

尾行《びこう》されていると感じたユーリは走りだそうとするが、その途端に声をかけられた。

聞こえてきたのは中国語で、背の高そうな壮年《そうねん》の男の声だ。性質《たち》の悪い人間を想像していたが、比較的丁寧《ていねい》な言葉使いだったため、ユーリは警戒しながらも足を止めた。

「さっき店でチップを渡した者だ。少しいいかな？」

如何にも富裕層《ふゆうそう》の中国人といった風情《ふぜい》の男が、薄暗い通りを足早に歩いて近づいてくる。

今は夏なので半袖でも過ごせるが、彼はスーツを着込んでいた。その後ろから乗用車がついて来たため、ユーリは一層《いっそう》身構える。ロシア人にしても中国人にしても、希少な紫の瞳を持つ男を誘拐《ゆうかい》しようと考える輩《やから》はいるもので、夜の仕事をしている以上油断は禁物だった。

「初対面でいきなりこんなことを言うのもおかしいと思うだろうが、君の歌に惚《ほ》れてね。本気で磨《みが》けばさらに伸びそうだ。ウランバートルにある私のレコード会社からデビューしないか？」

一見まともなスカウトのようだったが、ユーリは真《ま》に受けずに首を横に振る。

残虐《ざんぎゃく》な捕食者が待ち構える世界に生まれたバーディアンは、人間よりも悪意に敏感《びんかん》だった。

子供の頃ならいざ知らず、人間社会で仕事を持つようになって十五年以上が経った今、簡単に騙されるほどユーリは浅はかではない。笑顔や聞こえのよい言葉で覆い隠しても、騙そうとしている人間のどす黒い念のようなものが、不快感を伴って肌の上を蠢いた。

「せっかくだが私は今の環境に満足している。私の歌が気に入ったのなら、あの店に来てくれ」

ユーリは壮年の男に向かって中国語で答えると、くるりと踵《きびす》を返して歩きだす。

ところが先を急ごうとすると腕を掴まれ、「待ちなさい」と言って引っ張られてしまった。

体格はユーリのほうが上だが、ウエイトがないためすぐにぐらついてしまう。話をするために引き止めるにしては力が強く、腕がみしりと鳴って嫌な予感がした。同時に、男の背後に控えていた黒塗りの車が迫ってくる。やはり自分の直感は間違いではなかったのだ。

「放せ！　私に触るな！」

つい今し方まで愛想のよい振りをしていた男は、何も言わずに腕力に訴える。ユーリの体を力任せに車に押し込もうとした。運転席と助手席からは、使用人と思われる男達が出てくる。

ユーリは叫んで必死になって暴れたが、彼らは揃いも揃って無言を貫いた。こういったことに慣れている証拠《しょうこ》だ。拉致《らち》されたらどんな目に遭うか、想像するのもおぞましい。金持ちの変態に売られるか、臓器目当てに切り刻まれるか、悲惨《ひさん》な目に遭うのは火を見るより明らかだった。

『アアアァ――――ッ!!』

後部座席に半ば引きずり込まれたユーリは、口を塞がれる寸前に声を張り上げる。

ただの声ではない。バーディアンの力を籠めた歌の一種だ。逃げるための擬態化とは違って、この歌は防戦のためにある。できれば使いたくない力だが、致し方なかった。

「うわっ、な、なんだ⁉」

バサバサと翼の音が迫ってきて、男の一人が声を上げる。これまで無言だった男達は、各々に悲鳴を上げた。一瞬何が起きているのかわからない様子だったが、拘束していたユーリを解放し、自分の身に迫る危険を払おうとする。「鳥っ⁉」「なんで鳥が夜中に⁉」「鴉《からす》の大群だっ！」と叫んで攻撃者の存在に気づきながらも、両手を振り回して無様《ぶざま》に踊るばかりだった。

「ぐわああ――あっ！」

近隣に潜んでいた数十羽の鳥達に襲われ、髪を毟《むし》られ、嘴で突かれ、趾《あし》で引っ掻かれる彼らを尻目に、ユーリはジャケットの襟《えり》を引き寄せて走りだす。

いつの間にか服が破れていたが、構わずにアパートメントのある郊外に向かった。

他の人間の気配はないものの、一刻も早くこの場を立ち去り、自分が起こした奇怪《きかい》な現象との関わりを絶たなければならない。

薄暗い夜道を走っている間、背後から悲鳴《ひめい》や絶叫《ぜっきょう》が聞こえてきた。

歌を使ってバーディアンの眷属である鳥達を操ったとはいえ、殺せと命じたわけではない。

邪魔者を排除《はいじょ》して私を助けろ――と命じただけだ。あとは鳥達の意思であり、攻撃がいつまで続くかはユーリにもわからなかった。

ハァハァと息を上げながら走ったユーリは、観光地を抜けて擂鉢状《すりばちじょう》のアパート群に辿り着く。

新しい王子も執政官も政務官も、その下に続く純白のバーディアン二十四名も、堕天した黒いバーディアンの自分も、皆等しく狭苦しいアパートで暮らしていた。

電波塔を囲んで古い高層アパートが建ち並ぶこの地域に、雄のバーディアン三十名が集結し、怪しまれない程度に点在しているのだ。無論他の住人は人間で、労働者や学生が多かった。

ユーリは鍵を握って階段を駆け上がり、自分の部屋の扉を大急ぎで開けて中に飛び込む。

高層階は目上の者に譲《ゆず》るのが慣例になっているため、比較的若いバーディアンの住まいは低層階に集中していた。一人一部屋を借りる余裕はないので、同居人が二人いる。ヨシフとロマンという名の年長者だ。二人共一族の中では若い方だが、それでもユーリより百歳以上も上だった。

「ヨシフ、ロマン、今帰ったぞ」

昼の仕事しかしていない二人は、居間でテレビを観ながら談笑している。

ユーリの帰宅に気づいているはずだが、声をかけても振り向くことはなかった。部屋割りの際、籤《くじ》に外れてユーリと同室になった二人は、それを不服としてユーリを徹底的《てっていてき》に無視している。

堕天するまでは時々遊んでくれたりもしたのだが、今は目が合っても侮蔑《ぶべつ》の視線で睨んでくるばかりだ。残念だが、関係の修復は不可能だとわかっていた。

「執政官の部屋に上納金を納めに行ってくる」

ユーリはテレビを観ている二人の背中に向けて言うと、ポケットから給金袋を出そうとする。

夜間は袋に名前を書いてから、執政官の部屋のポストに入れておくのが決まりになっていた。

「……っ、あ」

居間の入り口にある電話台の前でポケットを探ったユーリは、給金袋がなくなっていることに気づく。袋に名前を書こうとしてペンを握った手が、行き場を失って震えだした。慌てて自分の体を探るが、どのポケットにも給金袋は入っていない。

――ない……っ、あの時に落としたのか⁉

真《ま》っ青《さお》になったユーリは、電話台の前で呆然《ぼうぜん》と立ち尽くす。

給金を受け取ったあと、袋の中に給金を上回るチップを一緒に入れておいたため、もしも取り戻せなければ今夜稼いだ金のすべてを失ったことになってしまう。

「おい、まさか金を落としたとか言うんじゃないだろうな」

普段は話しかけてこないヨシフとロマンが、ソファーから立ち上がって目の前にやって来た。怒りに燃える翡翠の瞳で睨まれ、弁解の言葉も出てこない。自分自身の衝撃が消えないまま、ユーリは二人に胸倉《むなぐら》を掴まれた。身長はユーリのほうが高いが、二人掛かりでやられると簡単に持ち上げられ、頭が天井に届きそうになる。「おいどうなんだ⁉」「なんとか言えよ！」と答えを求められても、首が締まってなかなか喋《しゃべ》れなかった。

「……帰り道……どこかで、落としたよう、だ……」

「落としたで済むと思ってんのか⁉　この愚図《ぐず》が、さっさと探してこい！」

「うあっ、ぁ！」

ヨシフの平手で頬を打たれたユーリは、床の上に投げ落とされる。

立ち上がる暇もなく、足を上げたロマンに背中を踏まれた。衝撃と痛みに再び呻いたが、一度始まった折檻《せっかん》がなかなか終わらないことは経験上よく知っている。

仕事に響かない程度に手加減されているものの、踏まれたり蹴られたり、彼らが日々蓄積《ちくせき》している魔族への憎悪《ぞうお》は、こうした些細《ささい》なきっかけで噴出《ふんしゅつ》した。

彼らにとって今の自分は、元王子でも仲間でもなく、魔族の片割れなのだ。王女として生まれなかった時点で不満は溜まっていたのだから、こうなるのも無理からぬ話だった。

「落とした振りしてどっかに隠してんだろ⁉ これまでもちょろまかしてたんだろうが！」

「……っ、違う、私はそんなことはしない！ 本当にどこかに、おそらく海岸通りに……」

「だったら今すぐ探してこい！ 下種《げす》な獣人の妾《めかけ》らしく、地面に這いつくばってな！」

二人の足で左右から肩甲骨を踏まれたユーリは、カーペットの上に突《つ》っ伏《ぷ》せる。

翼が出てくる箇所を足蹴《あしげ》にされることも、地面や床に伏せさせられることも、バーディアンにとっては甚《はなは》だしい屈辱だった。ヨシフもロマンも、それを承知のうえでやっている。

一族が最も蔑む獣人系悪魔の手でユーリが穢されたことや、それが凌辱ではなくユーリ自身が望んだことであったという事実に、十五年以上経っても怒りが治まらないのだ。

「この腐《くさ》れビッチが！ ぐずぐずしてねぇで立て！ 金がなきゃ体でも売って稼ぐんだな！」

「……っ、無礼な、私はビッチではない！ 金を落としたことで責めるのは構わないが、事実と異なることを言うのはやめろ。その足を引いて、訂正《ていせい》しろ……っ」

「事実だろうが！ 上納金を入れるまで帰ってくんじゃねぇぞ！」

「うあぁ……うっ！」

憤《いきどお》る二人に髪を引っ張られたユーリは、玄関に向かって引きずられる。

立ちたくても立てず、痛みのあまり膝を進めると、彼らが求める通りの四足歩行になった。

堕天する前は上辺《うわべ》だけでも王子として扱われていたのに、あれから何もかもが変わったのだ。

「浅ましい肉食獣に抱かれたお前なら、さぞや鼻も効くんだろうな。地面に鼻を擦りつけながら金を探し当ててこい！」

玄関扉の向こうに蹴りだされたユーリは、共有廊下の床に膝や肘を強かに打ってしまい、骨の痺れに顔を顰《しか》める。殴られた時に口の中を切ったようで、唾液に血の味が混じっていた。

──今キスをしたら……きっと悦《よろこ》ばれるだろうな。蒼真は私の血が好きだから。

つらいなと思った時、痛いなと感じた時、ユーリは必ず蒼真のことを考える。

口づけを交わしたあと、彼が艶っぽい顔で「美味い」と言ってくれるなら、流した血も惜しくない。たとえ現実ではなく妄想でも、ふと笑うことができた。

──浅ましい肉食獣、か……確かに、私もそう思っていた時があったな。

ユーリは廊下の床に手をついて、重く感じる体を押し上げながら立つ。

天使と称されることも多いバーディアンは、卵生であることや、白い翼と金髪翠瞳《すいとう》を持つこと、そして何よりも空を飛べるという特性を誇っているため、大地に縛られる胎生の混血悪魔を酷く見下していた。中でも四足で地を這う獣人系悪魔への蔑視《べっし》は激しく、魔族社会に於《お》ける序列とは無関係に、最下層の魔族と位置づけている。

――魔女の支配下に置かれ、肉体は地に縛《しば》られていても……蒼真の魂に私は風を感じたぞ。

衣服を整えて口角の血を拭《ぬぐ》ったユーリは、駆け上がってきたばかりの階段を下りる。

今度は時間をかけて慎重に下りた。急がなければ給金袋を拾われてしまうかもしれない焦りがあったが、強かに打った膝が痛くて、下手をすると転がり落ちそうだ。

無事に一階まで下りたあとは、足を引きずりながらも急いで海岸通りに向かう。

蒼真のことだけを考えていたいのに、膝がずきんと痛むたびにヨシフやロマンの顔を思いだし、怒号が耳の奥で木霊《こだま》した。おかげで頭まで痛くなったが、彼らが憤るのも当然なので、どんなに腹が立っても怨む筋合いではないし、こちらから手を上げることなど決してできなかった。

無理やり凌辱されて堕天してしまった――そう証言すれば仲間の感情も違ってくると政務官に諭《さと》されたにもかかわらず、ユーリは「獣人を愛して望んで堕天した」と主張したのだ。

十五年と半年前の冬、黒鳥の姿で仲間達と合流した時点で、彼らはユーリの状況を鳥から得て知っていて、黒鳥になったユーリを厳しく尋問《じんもん》した。豹族の獣人系貴族悪魔に襲われたことも、丘の上の屋敷に囲われていたことも、何もかも知っていたのだ。

そしてユーリは、疑われるまま蒼真との肉体関係を認め、彼を愛していると口にした。

実際には抱かれていないが、堕天してもいいから繋がりたいと思ったのは事実だ。結果的には自分でも気づかぬうちに黒くなっていて、水面に映った黒鳥の姿を見た時は吃驚したが、むしろ嬉しくて仕方なかったのを今でも憶えている。穢されてはいないのに黒くなったのは、おそらく気持ちのうえで想いを交わしたからだ。この姿は誇りであり、悔やんだことなど一度もない。

ユーリは先程襲われた辺りまで戻ると、外灯のわずかな灯りを頼りに地面を見下ろした。

鴉やカササギの黒い羽根が落ちていて、酷く胸が痛む。死骸《しがい》こそなかったが、あの男達の手で払われたり走り去る車と衝突《しょうとつ》したりして、痛い目に遭ったかもしれない。ここでは死ななくとも、巣に帰る途中や帰ったあとに息を引き取った個体もいたのではないだろうか。

「すまない……私を許してくれ」

ユーリは重なり合う羽根の下に給金袋の色を求めながら、眷属の鳥達に謝罪する。

歌で鳥を操るのは簡単だったが、鳥は集団でこそ威力を発揮するもので、個々の力はそれほど強くはない。助けを求めるたびに何羽か死ぬのはよくあることだった。それでも呼んでしまった自分に嫌気が差したが、呼ばなければ身を守れなかったのも事実だ。

もしも黒化せずに、金髪翠瞳の純然たるバーディアンであったなら、仕事の行き帰りは誰かがついて来てくれたり、そもそも夜の仕事などしなくていいと言われていたりしたかもしれない。

そう考えるとやはりすべての罪は自分の選択にあるのだ。罪だと自覚しながらも後悔できずにいることは余計に罪深く、そんなところが仲間達を苛立《いらだ》たせているのだろう。

――私は本当に勝手な男だ。王子の位を失った時も、これで重責を負わずに愛に生きられると喜んでしまったし……元々一族を率《ひき》いるような器《うつわ》ではなかったのだ。愛する者のためだけに歌い、料理を作り、部屋を整えて過ごす暮らしのほうが合っている。新月の晩には、蒼真を抱えて空中散歩を愉しもう。時には雪原に遊びにいき、大地と空に分かれて駆け合うのもいい。生きているうちにまた会えるかどうかはわからないが……それでも私は、彼を想って生きていく。

最強無敵の女王が滅する時が来るとは思えず、再会できる見込みなどなかった。

死後には人間達が想像するような天国も地獄《じごく》もなく、彼の血肉になれない限りは無駄死にだと知っている。あの世で会うこともなければ、生まれ変わって出会うこともない。翼を広げて海を渡るか、人間として飛行機に乗り込めばすぐに会える距離なのに、種族を隔《へだ》てる溝は深かった。

想いに任せて会いにいき、ホーネットの残虐《ざんぎゃく》な魔女に見つかろうものなら、蒼真や彼の仲間の身を危うくさせ、バーディアン一族にも死を齎す結果になってしまう。

——私は一番年少だからな、皆が寿命を全《まっと》うして最後の一人になったら会いにいくぞ。今から千年近く先になるが、必ず行く。蒼真……その時、其方は生きているだろうか……もし跡取りを作って身罷っていたら、私は其方に瓜二つの豹に会うだろう。そして彼の血肉に……。

そんな願望を持つようになったのは、日本に渡ることを永久に禁じられた時だった。お互いが生きているうちに会えないなら、彼のすべてを受け継いだ跡取りの血肉となって、蒼真と混ざり合いたい。それはきっと幸福な死だ。

——こんなことを考えていると、歌いたくなってしまうな……。

ユーリは下を向いて給金袋を探す作業を中断し、金角湾に向かって立つ。

無性に歌いたくなり、蒼真のことを想いながら深呼吸した。空を仰ぎ、イタリア語で恋の歌を歌う。クラブ歌手として歌う時は力を抑えているが、今は思うままに歌った。これから先も長く続く人生の中で、一際煌めいていた十日間の蜜月《みつげつ》を思い返して、情熱を歌に籠める。

——蒼真の温もり……人肌の滑らかさも毛皮の手触りも、茉莉花の香りも……今ここに蒼真のすべてがあるように感じられる。声も鼓動も息遣いも……彼は私と共にある。

十五年経っても同じなら、きっと百年経っても千年経っても同じだと思った。

こうして恋歌を歌いながら思いだして、幸せだった時間を蘇《よみがえ》らせて生きていく。

夜になると蒼真が会いにきて、寝心地のよいベッドの上で口づけを交わすだろう。

首筋の匂いを嗅がれ、胸の突起を舐められて……そして性器を吸われながら、美味しいパンを食べさせてもらう。蒼真は愛しているとは言ってくれない。でも、好意は認めてくれる。

これは単なる食餌行為だ、と強調して、情交時にパンを食べさせることにこだわっていた彼の真意は——身を繋がなくとも堕天したこの姿が物語っていると思ってもいいはずだ。

蒼真の心に餌に対するものではない情が芽生えたから、純白の翼は彼の色に染まり、瞳は紫に変わったのだ。この姿は想いが通じた証《あかし》。永遠に残る愛の痕跡《こんせき》——。

「あ……っ」

幸せな恋の歌を歌い終わると、闇夜を縫《ぬ》って鳥の気配が迫ってきた。

射干玉《ぬばたま》の黒い翼を広げた鴉が飛んできて、無数の羽根が散らばった地面に着地する。

煤色《すすいろ》をした嘴には、ユーリが探していた給金袋を銜えていた。それをユーリの足元に置くと、アグゥーアグゥーと甘えた声で鳴く。

「ああ、よかった……ありがとう！　其方は賢《かしこ》いな、心より感謝するぞ」

ユーリは膝を折って袋を拾い、鴉の頭を指先で撫でる。まだ若いユーリには鳥の言葉を完全に理解することはできなかったが、気持ちを察することはできた。求められるまま羽根の流れと逆に撫で回してやると、鴉は嬉しそうに鳴いて飛び立つ。ユーリの手に戻ってきた給金袋には、今夜受け取ったチップと給金が一カペイカも減らずに入っていた。

これでなんとか家に帰れる。そして執政官の部屋に上納金を届けることができる。

そう思うと、急に瞼が熱くなった。金に執着しているつもりはないが、やはり金は大切だ。

今の自分が果たすべき義務は、若者の務めとして働いて、一族の生活を支えることだと思っている。百二十年もの間、守り育ててもらったのだから当然の恩返しだが、ユーリには他にも働く理由があった。貧しさが増すと、誰も彼もが口々に魔族への怨みつらみを唱《とな》え始めるからだ。

人間社会に根を下ろし、生活に困ることなどなく贅沢に暮らしている悪魔達。そのうえ人間の女を孕《はら》ませることで子孫を増やし、ますます増え続けている——そんな彼らをバーディアンは心底憎《にく》み、声を荒《あ》らげながら罵《のの》しる。その憎悪の対象には蒼真も含まれているのだ。耳障りな言葉を聞いて苦しくなるくらいなら、寝る間を惜しんで働いているほうがずっとよかった。

アパートに戻ったユーリは、自室には寄らずに上層階に向かっていく。

金髪翠眼のバーディアンが集団で引っ越すと目立つため、入居時期をずらしたうえで一ヶ所に固まらないよういくつかのアパートに分かれて暮らしていた。ただし、執政官の部屋はユーリが住んでいる建物と隣接している。途中階の連絡通路で繋がる別棟にあり、比較的近かった。

入居者が入らず空き部屋のままになっている部屋の前を通り抜け、ユーリは執政官とその甥《おい》の王子が住む部屋に到着する。深夜なので給金袋に名前を書いてドアポストに入れようとしたが、名前を書くペンを持っていないことに気づいた。何も書かなくても自分だとわかってもらえるとは思ったが、万が一のこともあるので無記名のまま金を入れるわけにはいかない。しかし深夜に起こすのも非常識なので、気が乗らないが一旦自室に戻ることにした。

ところが踵を返した途端、金属製の扉の向こうで物音がする。続いて施錠《せじょう》が解かれた。

こんな時間に起きているとは思わなかったユーリは、扉の向こうに居た王子、ヴァジムと顔を見合わせる。黙っていれば貴公子に見える風貌の男だが、その目は暗い憎悪に満ちていた。

「やけに遅かったな、伯父上《おじうえ》がお待ちだ。話があるから中に入れ」

「――話？　執政官《しっせいかん》が私に？」

ヴァジムは普段からユーリとの接触を避けており、今もユーリが動きだすなり距離を取る。黒化現象は伝染《でんせん》しないが、悪魔の胤《たね》を受けて堕天した者が忌み嫌われるのは当然の話だ。同じ空気を吸うのも嫌だと言わんばかりの顔をしている彼は、「金はそこに置け」と命じてくる。

執政官とヴァジムが住む部屋は通常より広いにもかかわらず、梟《ふくろう》が十数羽も居るため、むしろ他の部屋より狭く感じられた。一族の中で、鳥から情報を得る能力が最も高いのは執政官だ。

鳥から鳥への伝達はさほど正確ではないうえにタイムラグが生じることも多いが、その情報のおかげで一族は生き長らえている。知能の高い鳥ほど進んで協力してくれる傾向にあり、魔族が近づいてくるといった情報はもちろん、彼らが教会内で割り振られる管理区域の変更や、新たな貴族悪魔の誕生、定期集会の実施に至るまで、得られる情報は多岐《たき》に及んでいた。

「いつ見ても嘆《なげ》かわしい姿の同胞よ、今宵《こよい》は其方に大切な話があって眠らずに待っていた。私と新王子ヴァジム、そして政務官の三名以外は誰にも伝えていない、非常に重要な話だ」

居間の奥で梟に囲まれている執政官に、ユーリは「遅くなってすまなかった」とまずは謝る。

老い先短い執政官も、それなりに年を重ねているヴァジムも、見た目は人間の三十代程度だ。成長が止まる時期には個体差があるため、伯父よりも甥のほうがやや年上に見える。

すべてのバーディアンがそうであるように、金髪と翡翠色の瞳、上体の筋肉が発達した肉体を持っていた。

「話とはなんだ？　最下級身分になった私に重要な話を聞かせるとは、徒事《ただごと》ではないな」

腰かけるよう促されなかったので、ユーリは執政官の前に立ったまま問う。

するとと右手にあるソファーにヴァジムが座り、ククッと声を漏らしながら笑いだした。

「安心しろ、悪い話じゃない。一族にとっては過去最大級の吉報《きっぽう》だ。特にお前にとってな」

「――第一報が入ったのは春のことだ。しかしその段階では確信が持てなかったため公表せずに、我々はより詳しい報告を待っていた」

ヴァジムと執政官の言葉に、ユーリは黙って息を呑む。ヴァジムの言葉が嫌味や皮肉《ひにく》ではなく、本当に吉報であることを願いながら話の続きを待った。

「ホーネット教会の本部がある北イタリアの鳥達から、そして新本部がある日本の鳥達からも続々と情報が寄せられ、玉石混淆《ぎょくせきこんこう》の中からようやく結論を出したところだ」

「……っ、新本部？」

「元王子にして堕天のバーディアン、ユーリ・ネッセルローデ――我々は其方にバーディアンの未来を託すことにした。紫眼の黒鳥として、今すぐ日本に飛ぶがいい」

改まった執政官の命令に、ユーリはわけもわからず目を瞬かせる。

いったい何が起きているのか理解できなかったが、今の話の中で一際気になった部分があった。

ホーネット教会の新本部が日本にあるという発言だ。女王は数千年前から欧州に本部を構え、北イタリアの森に城を建てて結界を張っていると聞いていた。今になって日本に本部を移すとは考えられない。

「クーデターが起きたんだよ。稀代《きだい》の魔女は、新しい純血種を擁立《ようりつ》した一派の手で倒された」

ヴァジムの言葉に、ユーリは硬直する。もしや女王に何かあったのではと考え始めたところに、想像を上回ることを言われたのだ。頭がついて行かず、ただただ驚いて耳を疑った。

「魔女が……ホーネットの女王が、倒された？　政権交代が起きたということか!?」

「そういうことだ。魔族社会では純血種は唯一無二の存在でなければならないが、新王の一派は極秘に第二の純血種を生みだし、女王を倒してクーデターを成功させた。だが所詮《しょせん》魔族は魔族だ。トップが変わったからといって我々に利があるかどうか、その点についてはわからなかった」

執政官の口ぶりは、「今はもうわかった」と言っているようで、ヴァジムの発言と合わせると、魔族の政権交代はバーディアンにとって吉報。即《すなわ》ち利があるということになる。

いずれにしても女王が滅んで時代が変わったなら、自分は蒼真と会える可能性がある。

生きたまま番になる約束を果たせるかもしれないのだ。

『女王が死んで、時代が変わるようなことがあったら考えてやってもいい』

蒼真に言われた言葉を、これまで何度思い返してきただろう。

願ったところで叶《かな》わない、無理のある約束だとわかっていた。諦めかけてはつらくなり、歌を歌って自分を慰《なぐさ》め、記憶を蘇らせて妄想《もうそう》するばかりだったのに――。

「新しい王は殺生《せっしょう》を好まない男だという話だ。あの残虐な魔女とは違い、人間として人前に出て暮らしている。黒豹に変容するが狩りは好まず、鳥獣を殺して食らうこともない。むしろ動物や鳥を愛で、餌を与えることもあるほど心優しい王だという話だ」

「その王が鹿島の森で一緒に暮らしてるのは、お前に手を出した紫眼の豹だ。コイツは小動物も鳥も殺して食らうケダモノでしかなく、まったく話にならないが……新王が普通の魔族とは違う性質の持ち主で女王を憎んでいたと考えると、我々にも光明《こうみょう》が見えてくる」

「新しい王が、鹿島の森で……紫眼の豹と暮らしているのか!?」

衝撃的な事実に声を震わせたユーリは、体中の血が沸騰《ふっとう》するような興奮を覚える。

翼など広げなくても、今すぐ蒼真の所まで飛んでいけそうだった。かつてない浮遊感に襲われ、自分の体が怖いほど熱く感じられる。高く飛び過ぎて太陽に焼かれるイカロスになった気分だ。

「鳥達の話が真実なら、そういうことだ。新王が黒豹に変容することからして、紫眼の豹は王の血縁者と判断するのが妥当《だとう》であろう。其方を穢した豹は、新生ホーネットの重鎮《じゅうちん》と考えられる」

「そこでお前の出番……ってわけだ。惚れた男に会えて、しかも一族の役に立てるかもしれない役目だぞ。獣人如きに懸想《けそう》して最下級に落ちた身としては、嬉しくて堪らないだろう？」

「ああ、嬉しくて堪らない！　人生最高とも言える気分だ！」

執政官とヴァジムの顔を交互に見ながら、ユーリは声高に答えた。

笑って皮肉っていたヴァジムは、顔に亀裂が入ったのかと思うほど激しい不快感を示す。上がって今にも飛びかかって来そうな怒気を放っていたが、執政官が手を伸ばして制した。

「女王の居城……北イタリアのホーネット城の地下牢に、この数千年の間に囚われた同胞が今閉じ込められている。寿命から考えて、雌が九名、雄が五十名生存している可能性があるのだ。地下には鳥が入り込む余地がないため生存情報は得られていないが、我々バーディアンが絶滅を回避するための唯一の希望が、あの城にはあるかもしれない。あってもらわねば困る」

「――そうだな、それは、私も同じ考えだ」

ユーリは執政官やヴァジム、そして政務官が何を考え、何を決定したのかを察する。

自分がここに呼ばれた理由もわかった。子孫を残すことができずに絶望していたバーディアン一族にとって、ホーネット城の地下牢は希望の箱のような物なのだ。最悪の恐怖を伴う場所ではあるが、そこには未来へ繋がる一縷《いちる》の望みが詰まっている。

「紫眼の豹に仲介《ちゅうかい》を頼み、ホーネットの新しい王に目通りすればよいのだな？　そして囚われのバーディアンの解放を嘆願《たんがん》する。王が噂通りの男であればよいが、そうではなかった時のために私は一族最後の生き残りを名乗り、たとえどう転ぼうと仲間に危害が及ばないようにしなければならない。そういうことだろう？」

ユーリが二人に向かって確認を求めると、ヴァジムは驚いた様子で目を見開いた。

執政官は黙って頷き、一人掛けのソファーから立ち上がる。

「その通りだ。其方は王に、バーディアンは滅びたと言わねばならん。最後の一人として接触し、獣人の手がついた黒い姿を利用して情けを乞《こ》うのだ。そして仲間の解放を促せ。王が本当に慈悲《じひ》深《ぶか》い男であるなら、我らは自由を手に入れ絶滅を避けられるやもしれん」

ただし失敗すれば、お前は捕らえられて生餌《いきえ》にされる——執政官の目は、そう言っていた。

そんなことは言われるまでもなく承知している。蒼真は自分を悪いようにはしないだろうが、新しい王と蒼真の関係がどのようなものかはわからない。王と蒼真が仲間だとしても、必ずしも蒼真の意思が通るというものではないだろう。鳥の噂だけでは確定できないのだ。

それは王の人柄に関しても言えることだった。情報を運んでくれる鳥達は人の言語を理解しているわけではなく、状況を視認して鳥の主観で判断しているだけなので、殺生《せっしょう》するかしないかで善悪を決めてしまうところがある。鳥や小さな動物に優しいからといって、新王が善人とは言い切れないということだ。狩りで生き物を殺すという理由から、悪と決めつけられる蒼真が決して悪人ではないように、逆のことも考えられる。

「もし失敗すれば、お前は一人で生餌になる。拷問を受けても仲間のことは喋《しゃべ》るなよ」

ユーリは対峙《たいじ》していた執政官の目を見据えていたが、間にヴァジムが割って入った。

口だけではなく体まで滑り込ませ、いくらか高い位置にあるユーリの顔を睨み上げる。

「もちろん余計なことは喋らない。堕天しても、私は死ぬまでバーディアンだ」

「信用ならないな。お前……本当は一族のことなんてどうだっていいんだろ？　敵に身挙げ句に、いくら訊かれても相手の名を明かさず、十日間で多少なりと得たはずの魔族の情報を一切漏らさなかった。お前は見た目通り悪魔だ。翼があってもバーディアンじゃない」

「――私はバーディアンだ」

ヴァジムにどう思われようと構わなかったユーリは、一言だけ返して口を閉じる。

蒼真に会える喜びが何よりも勝ってしまう自分は、やはり王子でいる資格がなかったのだろう。それは認めるが、しかし一族に対する愛情も確かにあった。最後に役に立てるかもしれないと思うと嬉しくて、脳裏に明るい未来の光景が次々と浮かび上がって止まらない。

これまでずっと、ホーネット城には多くの同胞が居ると考えられてきた。

女王の指示で数千年前から着々と繁殖が続けられ、こちら側が把握《はあく》している以上の仲間が居るかもしれない。そう言われてきたのだ。それはよくも悪くも夢のような話ではあったが、いつかこの群れの雄が雌と出会える日が来て、新たな卵が産まれたらいいと、誰もが願ってきた。

たとえそれが叶わなくても、バーディアンという種族は絶えず、魔族の監視下で増え続ける。そして何かのきっかけで自由を得られる。そんな夢を、ユーリも見てきた。

「私は日本に行き、王に会って仲間の解放を嘆願してくる。捕らえられるのも覚悟のうえだ」

元王子として、どうか最後に役に立つことができますように。バーディアンに未来がありますように――願いを籠めながら宣言したユーリは、執政官に上腕を軽く叩かれる。ジャケット越しだったが、触れられたのは久しぶりだった。おそらく十五年ぶりだ。

「頼んだぞ、ユーリ・ネッセルローデ――すべては其方の働き次第だ」

「はい」

「お前、本気で嬉しそうだな……悪魔の目をギラギラ光らせやがって気持ち悪い！　恥知らずなお前は自害もせずに、獣人に取り入って生き恥を晒し続けるんだろ⁉　そもそもお前は堕天して裏切り者になったわけじゃなく、孵化した時点で裏切り者なんだよな。その顔を見るたびいつも最悪の気分になるっ、王女じゃないなら要らなかったんだ！　お前からは、王族としての誇りもバーディアンとしての誇りも感じられない！」

「ヴァジム、やめないか！」

執政官が止めるのも聞かず、激昂《げっこう》したヴァジムは拳《こぶし》を上げた。

大人しく殴《なぐ》られておくべきか否か、ユーリは凪《な》いだ心で考える。何を言われても応《こた》えないのは薄情《はくじょう》なのかもしれないが、今は世界が薔薇色に見えて仕方がなかった。

「うあ……！」

ただし、けじめはつけておきたかったユーリは、ヴァジムの拳を掌で受け止める。

そしてすぐに手首ごと捻った。痛みと驚きに目を剝《む》いたヴァジムが、「ぐあぁっ！」と絶叫を上げて座り込む。骨を折ったわけでもないのに大袈裟《おおげさ》にされて、むしろユーリのほうが驚いた。

「や、やめろ……放せ！」

「ヴァジム、元王子としてこれだけは言っておく。王子の位に就いたなら、誰かに責任をなすりつけるのはやめろ。其方は私が雌ではなかったことで、私だけではなく亡き王や王妃《おうひ》のことまで悪しざまに言っていたが、私が雄に生まれたのは誰の責任でもない」

「――っ、子孫を残すのは王族の役目だ……お前が王女だったら、王族の血を引く俺が娶《めと》って、卵を産ませるはずだったんだ！　俺は王族としての使命を果たしたかっただけだ！」

「王族としての使命？　思い違いも甚だしいな。仮に雌に生まれていたとしても、私は其方など選ばない。妻になど決してならないし、其方の卵など産まない。思い上がるな！」

「……う、ぅ」

ユーリはヴァジムを一喝《いっかつ》しながら、雄に生まれてよかったと初めて思った。

これまでは多少の申し訳なさもあったが、もしも雌だったら蒼真に会うこともなかっただろう。

運命的な恋も愛も何も知らずにこの男と結婚させられ、否応なく卵を産んでいたかもしれない。

蒼真と出会わなければ、それを幸せだと思っていたのだろうか。今の自分にはわからないが、彼を愛した以上は耐えられなかった。

「執政官、身分が低いと目通りが叶わないこともある。王の前では王子と名乗るぞ。よいな？」

「――っ、御意《ぎょい》……」

思わず以前のように返事をしてしまった執政官は、自らの言動に狼狽《うろた》えながらも膝をついた。

王子として日本に向かうユーリに礼を尽くす形を取り、「どうかご無事で」と口にする。

その横では、床にしゃがみ込んだヴァジムが怯《ひる》んだ顔で外方を向いていた。

立ったまま二人を見下ろしながらも、ユーリは先のことだけを考える。

自分の未来、一族の未来。すべては日本に渡ってから決まるのだ。

5

旧軽井沢、鹿島の森――避暑地《ひしょち》とはいえ日によっては非常に暑く、温暖化の影響《えいきょう》もあって年々夏の暑さが応《こた》えるばかりだった。寒冷地に強いタイプの豹族《ひょうぞく》の獣人《じゅうじん》、李蒼真《リーツァンヂェン》は、同じく寒冷地に強い虎族《とらぞく》の獣人、汪煌夜《ワンファンイェ》と共に森で涼《すず》む。

人間の姿だったが、日没後に変容する予定なのでバスローブしか身に着けていなかった。

蒼真《そうま》は濃灰に豹柄のプリントシルク、煌夜《こうや》は自身と同じホワイトタイガー柄の、パイルの物を着ている。蒼真の身長は靴《くつ》を履《は》いて約一九〇センチといったところだが、種族の関係上、煌夜はさらに十センチ近くも大きい。短めの黒髪と小麦色に近い東洋的な肌を持つ偉丈夫《いじょうぶ》だ。

大柄な獣人二人を完全に覆《おお》い隠《かく》す西洋あずまやの下で、蒼真は氷の入ったグラスをカラカラと鳴らしていた。煌夜は友人であり客でもあるが、狩《か》りの前なので提供するのは水だけだ。

「京都があまりに暑いんで逃げてきたが、ここも大して変わらんな」

「いや、変わるだろ」

「変わるか」

蒼真が「うん」と言うと、煌夜は「ふう」と息をつく。

直前の会話の流れで空気が重くなっていて、話題を変えてもすっきりとはしなかった。

肝心《かんじん》の話が終わっていないため、おそらくまた何か言われるんだろうなと、蒼真は身構える。

結界《けっかい》を張った広大な敷地には緑の香《かお》る風が吹き抜け、森の木々が風に揺《ゆ》れて小川のせせらぎに近い音を立てていた。あずまやは水場に近いので、本物の音と重なって聞こえるのが風流だ。

「気が向いたら気が向いたらって、気が向かないにもほどがある。いつになったら向くんだ？」

やはりその話がまだ続くのかとうんざりしていた蒼真は、「なんか変な日本語」とだけ返す。

「茶化《ちゃか》すな、ちっとも変じゃない。俺はお前のためを思って言ってるんだぞ。まさか惚《ほ》れた女ができたとか、ルイの影響《えいきょう》を受けたとか言いだすんじゃないだろうな」

静かに怒っている煌夜に、「そんなんじゃないよ」と否定してはみるものの、そう言われると浮かび上がる顔があった。金髪翠眼《すいがん》の白鳥の王子……歳は当時二十歳で、今の姿はおそらく黒髪紫《し》眼《がん》のはずだ。奇跡でも起きて元の姿に戻っていることを、願わずにはいられなかったが――。

「人間の女に惚れたところで、どうせすぐ死ぬぞ。それでもよければ妻《つま》でも妾《めかけ》でも好きにすればいいが、それとこれとは別の話だ」

煌夜が問題にしているのは、蒼真の繁殖《はんしょく》活動のことだった。

随分《ずいぶん》と長いこと怠《おこた》っている蒼真を、彼は不審《ふしん》に思いつつ責めているのだ。

魔族の力は、種族的地位や主個人の力、継承《けいしょう》による歴史など複合的な要因で決まるが、眷属《けんぞく》の数も重視される。特に獣人系悪魔は繁殖活動に熱心なのが常で、その分子作り以外のセックスを不毛なものとして軽視する傾向にあった。

「――次の満月、飛び切りの女を提供してやる。子供が欲しくて堪《たま》らないシングルマザー希望の二十七歳。スタイルのいい美人だ。俺が種付けするつもりだったが、お前に譲《ゆず》ってやる」

「そりゃいい物件だな。……でもいいや。やっぱなんか気乗りしなくてさ」

「気が向くとか乗るの問題じゃない。我儘《わがまま》もいい加減にしろ！」

氷しかなくなったグラスにサーバーの水を注《そそ》いでいた煌夜は、急に声を荒《あ》らげる。

我儘と言われて、蒼真は露骨《ろこつ》に溜め息をついた。心配してくれるのはありがたいが、自分でもよくわからないことで怒鳴られても困る。人間の女を抱いて種付けするのが絶対に嫌だとか、何か崇高《すうこう》な考えに目覚めたとか、罪悪感《ざいあくかん》を覚えるようになったとか、そういうわけではなかった。

紲《せつ》を愛したルイは操《みさお》を立てて繁殖を拒否《きょひ》したが、自分は違う。やればできると思っているし、その気になったらやるつもりでいた。ただなんとなく気乗りしない日々が続いて……無理をする必要もないので気分に任せていたら、いつの間にか年月が経ってしまったというだけだ。

「うちはルイの所とは違うからな。群れるの嫌いな奴ばっかりだし、俺が眷属を増やさなくても誰も文句なんて言ってこない。それに、数が増え過ぎると人目につく危険も増すだろ？」

「言い訳はいい。本当の理由はなんだ？」

「さあ……女絡《がら》みじゃないのは確かだな」

ルイのように操を立てる気もなく、ユーリを愛したわけでもない。

ただ、アイツと肌を合わせるのは最高に気持ちよかったな……と思いだしたりはする。

格別にいい匂《にお》いだから、いい味だから、いい声だから――ただそれだけなのかもしれないし、それだけじゃないかもしれない。とりあえず、したくないことは極力しない主義なので、それを通している。しなくても済むうちは、しないで済ませる自由があるはずだ。

「女に惚れたんじゃなけりゃ、男にでも惚れたか？」

「そうだとしたら獣人の面汚《つらよご》しだな。お前にどやされそうだ」

「いまさらだな、俺はお前が男淫魔《おとこいんま》を番《つがい》にした時点で呆《あき》れてた。散々《さんざん》文句言ったろ？」

「紲との関係を疑ってたもんな」

「実際惚れてたんだろ？　もしもルイがいなかったら、お前は香具山紲《かぐやませつ》に手を出してたはずだ」

「――さあ、それはどうだろうな。男でも紲なら抱けるかな……とか、命懸《いのちか》けられるってことはそういう意味で好きなのかなとか考えてみたこともあるにはあるけど、結局は奪《うば》いたいと思わなかったし、抱きたいとも思わなかった」

蒼真は紲を番にした頃のことを思いだしながら、溶《と》けていく氷を見つめる。

今から八十年以上前、四川省《しせんしょう》で出会った男淫魔を番にした。性質上、人間に凌辱《りょうじょく》されることに苦しんでいた紲に対して、蒼真は自分が同性に欲情しないことを強調して安心させたが、本音《ほんね》を言えば気持ちのいいことは嫌いではない。子作り以外はすべて無駄《むだ》だと思うほど完全な獣《けもの》ではないし、最高の性具とされる淫魔の体に、まったく興味がなかったと言えば嘘《うそ》になる。

――それでも抱こうと思わなかったのは、たぶん俺が好きなのは紲そのものっていうより……紲とルイの間にあるものなんだよな……恋だの愛だのいうやつ。つまり俺は、呆れ半分憧《あこが》れ半分だったってことか？　それってなんだか、恋に恋するみたいだな。

自分にはない、狂《くる》おしいばかりの想い……一目で恋に落ち、瞬《また》く間に燃え上がって他のことが見えなくなり、長い時を越えて命懸けで愛し合った二人……我を忘れて愛に生き、子を増やそうともせず、物理的には間違いなく不毛な関係にすべてを捧《ささ》げていた。獣の自分には無縁《むえん》だと思うからこそ、あの関係に密《ひそ》かに焦《こが》れ、守りたいと思ったのだろうか――。

「紲のことは、抱きたいというより助けてやりたかった。危なっかしくて意地っ張りで、なんか放って置けない弟みたいな感じで……」

「今じゃ立場逆転だな。紲はお前を心配してるし、ルイはルイで別の心配をしてるらしい」

「別の心配？　ルイが？」

煌夜が何を言いたいのか、蒼真はわかっていた。しかしあえて心当たりがない振りをする。

「自分の息子の心配だな。馨《かおる》がお前に懐《なつ》き過《す》ぎるから気が気じゃないんだろ。問題のない範囲《はんい》で蒼真の所に行って一緒に過ごしてくれ……とかなんとか、気色《きしょく》の悪いことを頼まれたぞ」

「ふーん、ルイに頼まれたから来たんだ？」

「いいや、アイツの言う通りに動く義理はない」

苦《にが》り切った笑みを浮かべた煌夜は、サーバーを持ち上げて蒼真のグラスにも水を注《そそ》ぐ。

あずまやは天井とそれを支える柱と床のみで作られていて、風がよく抜けた。

茜色《あかねいろ》の西日が射し込み、角の取れた氷を照らしだしている。

「眷属が交代で世話してくれるし、心配することなんて何もないのにな。馨のことだってそうだ。俺はそんな気まったくないし、馨も俺に手を出すほど愚《おろ》かじゃない。だいたい俺に懐くのは親に甘えられなかった子供の頃の名残《なごり》で、好きな相手でもできればルイみたいにそっち一直線になるだろ。ああ見えてルイの息子なんだし」

「いずれにしてもルイには面白くない話だな。愛息《あいそく》の可愛い時代を全部他人に取られたわけだ。近頃お前が種付けしてないと知って、余計に心配してたぞ。紲もな」

「……っ、言わなきゃわかんないようなこと紲に言うなよ」

「それ以前に心配されるようなことをするな」

「別に、ちょっと休んでるだけだって……」

心配されたり構われたり、俺はたぶん幸せなんだろうな……と思いつつも、蒼真は自分を酷《ひど》く頼りない存在のように感じた。生まれながらの王族なので身の回りのことを自分でする気はなく、三百年以上ずっと、世話をしてもらうことを当然のこととして受け入れてきた。けれども本気で心配されたくはない。独りで生きていけないわけではないし、しばらく種付けしていないことに関しても深刻《しんこく》な理由などないのだ。ただ気が乗らないというだけで――。

「なんか色々うるさいし、しばらく旅にでも出ようかな」

「……旅？　どこに行く気だ？」

蒼真は冗談《じょうだん》めかして「白鳥《はくちょう》の湖《みずうみ》」と答えながらも、行き先を具体的に考える。

自分では以前と変わらず気の向くまま過ごしているつもりだが、胸に滞《とどこお》っている憂慮《ゆうりょ》は確かにあった。それがなんらかの形で表層に現れるから、何かと心配されるのかもしれない。

――群れに戻ったユーリは、おそらく大変な目に遭《あ》ったはずだ。

横から、「モスクワでバレエ鑑賞《かんしょう》か？」と訊いてくる煌夜に、「ルイじゃあるまいし」と返した蒼真は、モスクワではなくシベリアの白い雪原を思い描く。

白鳥の群れに戻った黒鳥《こくちょう》は、みにくいアヒルの子のように疎外感《そがいかん》を覚えただろうか。飛行能力と純白《じゅんぱく》の翼《つばさ》を誇《ほこ》るバーディアンが、地を這《は》う魔族を蔑《さげす》んでいるのは想像に難《かた》くない。

実際のところ、魔族に犯《おか》されたことで自害する個体も多くいたと聞いている。彼らにとって、堕天《だてん》はそれだけ屈辱的《くつじょくてき》なことなのだ。黒く染まった王子に他の個体がどんな接しかたをしているのか、あれからずっと気になっている。元々生活が苦しいようなことを言っていたが、より一層《いっそう》苦労しているのではないだろうか。何よりユーリ自身の気持ちが気掛かりだった。

堕天しても構わないと言って、むしろ積極的に堕《お》ちようとしていたユーリは、黒くなった姿を見てどう感じただろう。あの頃のユーリは、飢《う》えた紲が放った淫魔の魔力に犯されて、一時的におかしくなっていただけではないかと蒼真は疑っていた。

仲間と合流して黒い姿に気づき、我に返った時、絶望したり怨《うら》みを募《つの》らせたりしたのではないだろうか。逆に……こんなふうに疑われていることを知ったら、それこそ怒るだろうか。

ユーリの声が今にも聞こえてきそうだった。「私の気持ちを疑うのか？」と抗議する声だ。果たして現実はどちらなのか、実際に会わない限り真実はわからないけれど――。

「陽が落ちてきたな、そろそろ出よう」

蒼真は椅子《いす》から立ち上がり、旅の行き先が気になる様子の煌夜を狩りに誘《さそ》う。

しかし煌夜は乗ってこなかった。話はまだ終わっていないと言いたげに、腰を上げずにいる。

「先に行くぜ」

あずまやを出た蒼真は、夕陽に染まる芝生《しばふ》の上に下り立った。

素足《すあし》になったので、地面の熱が足の裏にじんわりと染みる。陽が沈《しず》めば一気に冷えるだろう。

蒼真は豹柄のバスローブの腰紐《こしひも》を解《ほど》き、煌夜に背中を向けたままバサッと脱《ぬ》いだ。あずまやの前にある花台にバスローブをかけながら斑紋《はんもん》を浮き上がらせ、上体を落とすなり変容《へんよう》する。足で感じた地熱を手でも感じた時にはもう、十指が前脚になっていた。

『煌夜、行かないのか？』

黄金の豹になった蒼真は、思念《しねん》会話を使いつつ尾を揺らめかせる。

白虎《びゃっこ》の煌夜と山を駆けて狩りをするのは楽しみだった。どんな時も人間の気配を気にして身を隠さなくてはならないが、それでも人としてのしがらみを忘れて夢中になれる。普段は狙《ねら》わない大物を追って競い合ったり協力したり。獣人同士だからこそ、本能を剝《む》きだしにして血肉を貪《むさぼ》る姿を見せられるのだ。……とはいえ、煌夜にしても自分にしても本来求めているのは人間なので、狩猟《しゅりょう》行為によって真の欲望を抑《おさ》えているに過《す》ぎなかったが。

『――？』

豹の姿で煌夜の変容を待っていた蒼真は、不意に芝の上に落ちた影《かげ》に気づく。

あづまやの中でバスローブの腰紐に手をかけた煌夜も、ほぼ同時に空を見上げた。

夕暮れの夏空に大きな鳥が居て、逆光を受けて黒く見える――一瞬そう思った蒼真だったが、実際には光のせいではなかった。逆光で黒く見えるのではなく、本当に黒い鳥だ。

首の長い鳥だが、時々見かける大鷺《だいさぎ》でも青鷺《あおさぎ》でもない。

それらとは比較にならないほど大きな鳥が、こちらの様子を窺《うかが》うように上空で旋回《せんかい》している。

「黒い……鳥、紫の目……」

蒼真が鳥の目の色に気づいた直後、まだ変容していない煌夜が声を漏《も》らした。

身体能力は獣の時のほうが高いが、人型のままでも視認できたらしい。それもこれも、鳥が徐々に下降しているせいだった。濃《こ》い影《かげ》を落とす大鳥は、近づくとますます存在感を増す。

『ユーリ……ッ』

蒼真は思念を使って叫《さけ》び、あずまやから飛びだした煌夜にもその名を聞かせた。

煌夜がユーリを襲《おそ》わないよう面識《めんしき》があることを明らかにしてから、もう一度その名を呼ぶ。

『蒼真！』

頭の中に届くのは、紛《まぎ》れもなくユーリの声だった。これまで出会った誰よりも美しい声だ。

シベリアに居ると思っていたユーリがこんなに近くに居ることに興奮《こうふん》し、蒼真は後肢で立つ。

「黒いバーディアン……」

待ち侘《わ》びる蒼真と呆然《ぼうぜん》とする煌夜の上で、黒鳥は鮮《あざ》やかに姿を変えた。バーディアンの変容は獣人のそれ以上に激的な物で、長い首と小さな頭が瞬く間に人の頭部に変形し、脚は筋肉を纏《まと》い、胴体から分裂するように手が現れる。背中の翼は骨が一気に太くなり、大きさも厚みも増した。

「蒼真……！」

羽ばたきの音と共に、ユーリは芝生の上に着地する。爪先《つまさき》が届くなり走ってきた。

蒼真は一旦《いったん》四足を下ろしてから、黒い翼を生《は》やしたユーリの前で再び立ち上がる。

勢いよく飛びついてくるユーリを抱き留め、以前より立派になった体を前脚で掻《か》き抱いた。

『ユーリ……』

脳内では言葉が次々と巡《めぐ》っているのに、名前を呼ぶだけで終わってしまう。「十五年前、俺の認識不足で堕天させて悪かった」、「政権交代の話を聞いたんだな」と……言いたくても結局言えない。もしも人間の姿でいたとしても、今は何も口にできなかっただろう。

ユーリは相変わらず王子らしい気品を持つ美青年だったが、蒼真が願っていた奇跡《きせき》は起きていなかった。翼も髪も瞳《ひとみ》も、悪魔の色に穢《けが》されたままだ。

そうする覚悟《かくご》もないまま取り返しのつかない罪《つみ》を犯したことを、再認識させられる。

「蒼真……ああ、蒼真……会いたかった！」

ユーリは豹の蒼真と抱擁《ほうよう》を交わしながらも、すぐに膝《ひざ》をついた。

四足の蒼真が前脚を地面に下ろせるようにしてから、さらに強く抱きつく。首に両手を回して、毛皮にすべての指を埋《うず》めながら顔まで埋めた。

「生きて再会するのは……とても難しいと思っていた。こんなことを言うのは……情けないが、本当は、半分以上諦《あきら》めていたのだ。それなのに、まさか、こんな奇跡が起きるなんて……」

『ユーリ……ああ、そうだな……確かに奇跡だ』

クーデターが成功したことは奇跡に違いないけれど、残念ながら俺が望んだもう一つの奇跡は起こらなかった。お前は堕天したままだ――そんな言葉を思念に乗せるわけにもいかず、蒼真は前脚でユーリの髪に触れる。豹の被毛よりも遥《はる》かに黄金らしいブロンドだったのに、今は芯《しん》まで黒く染まっていた。出会った時とは別人のように見えて、胸の奥がキリキリと痛くなる。

「おい、これはどういうことだ？」

あずまやの前で仁王立《におうだ》ちになっていた煌夜が、威圧的な声を出した。

煌夜は友人であり、話のわからない男ではないものの、蒼真は牽制《けんせい》として尾を膨《ふく》らませる。

政権が変わってもホーネット教会の掟《おきて》は原則的に変わっていない。バーディアンを見つけたら捕らえるのが正しい対応だ。煌夜に背を向けていたユーリも、放たれる気に反応していた。翼を小さく変えて背中に収めると、全裸《ぜんら》のまま振り返る。

「貴殿が……ホーネットの新しい王であらせられるか？　このような姿でまみえる無礼をどうかお許しいただきたい。私はバーディアン一族の王子、ユーリ・ネッセルローデと申します。王にお目通りを願いたく、こちらまで飛んで参《まい》りました」

ユーリは芝生の上でスッと立ち上がり、右の拳《こぶし》を心臓に当てて頭を下げた。

その言動に驚《おどろ》いたのは蒼真だけではない。挨拶《あいさつ》を受けた当人――煌夜も同じだった。

しばらく時が止まったように沈黙《ちんもく》が過《よ》ぎって、それを煌夜の笑い声が打ち砕《くだ》く。

「ハハハハッ、俺がホーネットの王だと⁉　こりゃ傑作《けっさく》だ！」

あまりにも豪快《ごうかい》に頤《おとがい》を解いて笑うので、気圧《けお》されたユーリはびくっと震《ふる》える。

煌夜は王と間違えられて気をよくしたのか、蒼真が花台にかけた豹柄のバスローブを摘《つ》まんで、意気揚々《いきようよう》と歩いてきた。裸のユーリの前に立つと、「着ろ」と言ってそれを差しだす。

「ありがとう、使わせていただこう。しかし傑作ということは、貴殿《きでん》は王ではないのか？　その威厳《いげん》といい風格といい、私が想像していた魔王そのものだが、違うのか？」

「ハハッ、随分見る目のある王子様だな。間違えるのも無理はないが、生憎《あいにく》と人違いだ。実際の王は威厳も風格もない、クソ生意気《なまいき》な鼻タレ小僧だからな。俺とは比べようもない」

『比べようもないのは力の差だろ……鼻タレじゃないし、ちゃんとすれば威厳も風格もある』

可愛がって育てた馨を貶《けな》されるのは気分が悪く、蒼真は唸《うな》りながら煌夜の足を尾で叩《たた》いた。

ユーリは少し緩《ゆる》い豹柄のバスローブに袖を通して、腰紐を結ぶ余裕もなく豹の蒼真に迫《せま》る。

「蒼真、私はホーネットの王に会って対話をしたい。蒼真が王とこの森で一緒に暮らしていると聞いたが、情報が間違っていたのか？」

「間違っちゃいないが遅れてるな。奴がここで蒼真と暮らしていたのは春までの話だ。今は親の住む横浜に引っ越して東京の大学に通ってる。尤《もっと》も週末はここに戻ってくるらしいがな」

「ホーネットの新しい王は、大学生なのか？」

「ああ、チャラチャラしたケツの青いガキだ」

バーディアンを餌《えさ》と見做《みな》しているためか、煌夜はユーリの素性《すじょう》をろくに知らないうちから馨の情報を漏らす。王と間違えられて上機嫌《じょうきげん》になったせいもあるのだろうと思うと、蒼真はこの男の単純さに軽い眩暈《めまい》を覚えた。虎族の獣人にしては面倒見《めんどうみ》がよく、雌《めす》限定で集団生活も可能な男で、決して人は悪くないのだが、煌夜はとにかく乗せられやすい。

「で、お前は蒼真のなんなんだ？　面識があるようだが、お前を堕天させたのは蒼真なのか？」

「――っ、それは……」

問われて初めて蒼真の立場を考えた様子のユーリは、関係を明言せずに口を噤《つぐ》む。

着地してからの自分の行動を省《かえり》みたのか、俯《うつむ》いて急速に青ざめていった。

感情に流されやすいところは煌夜と似た者同士に見えるが、反省して青ざめる神経があるだけ、我が道を進み過ぎる煌夜よりは可愛げがある。

『十五年くらい前に、俺が手を出して堕天させた。時代が変わったら会う約束をしてたんだ』

「十五年前？　お前、女王に隠れてバーディアンに手を出してたのか⁉　それも雄《おす》に！」

『俺は謀反人《むほんにん》だからな、いまさらだろ？　あ、俺の番候補に手ぇ出すなよ』

蒼真は二人の間に割って入ると、尾を真っ直ぐに立ててからユーリの足に絡める。

ユーリが王に会いたがる理由はまだ聞いていなかったが、他の悪魔と接触する気でいるなら、これくらいはっきり言っておかないと危険だと思った。馨を始め、煌夜もルイも紲も、すべての悪魔にとってバーディアンは魅力的《みりょくてき》なご馳走《ちそう》だ。

現に煌夜はユーリの体を爪先《つまさき》から頭の天辺《てっぺん》まで舐《な》めるように見て、舌舐《したな》めずりする。

おそらくバーディアンを見たのは初めてだろう。一舐めしてみたくて堪《たま》らないという顔だ。

「ルイ並《なみ》の美形だが、お前が抱くにはデカ過ぎないか？　性別以前に好みじゃないだろう」

『好みは変わるもんだ。とにかく手を出すなよ、コイツは俺の物だ』

蒼真はユーリの背中を前脚で抱き寄せながら、声高《こわだか》に宣言する。

訝《いぶか》しげな顔をしている煌夜の前で、ユーリの髪を舐めて親密さを強調した。

餌ではなく、番候補かつ恋人ということにすれば、煌夜も他の悪魔も手を出せない。

人の番をどうこうするような理性のない身内はいないし、時代が変わった今、バーディアンを匿《かくま》うくらいの自由はある。謀反人一派の一員であることや、王の伯父《おじ》という立場を利用しようと思ったことは一度もなかったが、今こそ持てる力を使おうと思った。

本来なら餌として魔族に食われる立場のユーリを、何がなんでも守らなければならない。堕天させたのは自分なのだから、こちら側に来てまで苦労させるわけにはいかないのだ。

「――そうか、お前は極上の餌を独り占めしようとしてるわけだな。そのためにバーディアンを唆《そそのか》して手をつけ、自分の色に染めたんだ。愛情でも性欲でもない、ただのマーキングだな」

『煌夜！』

無神経な発言に眦《まなじり》を裂《さ》いた蒼真は、豹の姿で低く唸る。

しかし煌夜は腕を組んで笑うばかりで、一歩も引こうとしなかった。

「そういうことにしておいてやるよ。お前が雄相手に盛《さか》って、愛だの恋だの言いだす姿は見たくないからな。甘ったるいのはルイだけで十分だ」

『煌夜……』

白い歯を見せた煌夜は、踵《きびす》を返して屋敷に向かって歩いていく。「そのうちまた連絡する」と言ってひらりと手を振り、人間の姿のまま木々の向こうに消えていった。

その背中が見えなくなるや否や、太陽まで姿を消す。

灯りを消したように暗くなって、たちまち気温が下がった。風も出てきて、天高く伸びた松を大きく揺らしだす。ザワザワと鳴る音は狩りの開始の合図だ。普段なら野山を駆《か》け、人の気配を避《さ》けながら野生動物のあとを追う。

本能が求める究極の餌――今すぐ咬《か》みつけるほど近くに居るバーディアンでもなく、人間でもない、代用食としての動物を自らの爪牙《そうが》にかけて摂取《せっしゅ》することで、獣人は獰猛《どうもう》さを抑え込む。

理性を失って人間を襲う自分など知りたくもないし、誰にも知られたくなかった。睡眠時間が長いことも手伝ってとかく怠け者《なまけもの》と思われがちだが、獣人には獣人の苦労があるのだ。

人間の女に種付けをする時も、柔《やわ》らかな乳房《ちぶさ》を食い千切《ちぎ》りたい衝動《しょうどう》に駆られ、恋だの愛だのに現《うつつ》を抜かす前に、殺さないよう神経を使わなくてはならない。それが獣人の宿命であり、今この瞬間もユーリの匂いに反応して、美味《びみ》な肉を食らう妄想《もうそう》が駆け巡っていた。

「こんなに早い時間に暗くなるなんて、嘘《うそ》みたいだな」

ユーリは紫紺《しこん》に染まる空を見上げ、これまで暮らしていた場所が推測《すいそく》できるようなことを言う。迂闊《うかつ》なことを言って油断させるのは、王を暗殺《あんさつ》するための罠《わな》かもしれないと警戒《けいかい》したり、情報収集のために送り込まれたスパイかもしれないと疑ったり……本来ならそのくらい考えて慎重《しんちょう》に対応すべきなんだろうなと思いつつも、蒼真はユーリを疑うことができなかった。

繁殖活動に身が入らない理由が曖昧《あいまい》なのと同じように、ユーリを信じる気持ちも曖昧だ。

ただなんとなく、コイツは違うと感じてしまう。無防備な腹を見せて懐《ふところ》の中に入れて置いても、不思議《ふしぎ》な子守唄《こもりうた》で深く眠らされても、寝首を掻かれることはないと思える。淫毒《いんどく》の影響《えいきょう》があったあの頃に言われた、「愛している」なんて言葉を信じているわけではないのに――。

『十五年前のこと、謝りたいと思ってた』

「蒼真、何を謝るのだ？」

『堕天するとは思わなくて……あの日、バルコニーから飛び立つ黒鳥の姿に驚いた。黒化現象が起きる条件について、詳しく知りもしないで手を出した俺が悪い』

「──そんなふうに、謝らないでくれ」

謝ると怒られるかもしれない──その予感があった蒼真だったが、現実は想像と違っていた。

ユーリは何故《なぜ》か、花が綻《ほころ》ぶように笑っている。愛しげに毛皮を撫《な》で回しながら、満面《まんめん》に幸福の色を湛《たた》えていた。少し潤《うる》んだ紫の瞳は、眩《まぶ》しいばかりに輝いている。

「この姿は私達が愛し合った証《あかし》だ。それ以外の何ものでもない」

誇《ほこ》らしい笑顔だった。魔族の色に染まっても、以前と変わらず真《ま》っ新《さら》で美しい。

愛したつもりはなかったが、そう言われてみると愛していたのかなと思えてくる。

少なくとも別れた時は大きな喪失感《そうしつかん》を覚え、ユーリが飛び去ったあと、窓辺で待っていたのに戻ってこなくて……その時のことを思いだすと今でも胸がつかえた。これから先のことを言えば、もう飛び去らないよう捕らえたい、番にして囲いたい、他の誰かと共有したくないと思う。

それは恋なのか、愛なのか……もし仮に、臆面《おくめん》もなく愛を語るフランス男に相談したら、この感情に胸がすくような名前をつけてくれるだろうか。

それとも、お前のはただの食欲だと断じられるか。「紬も馨も居なくなって淋《さみ》しいだけだ」と、痛い所を突かれるかもしれないが、たぶん、そう言われたら自分は反論するだろう。「それだけじゃない」と言える程度の確信はあるのだ。実際には相談などする気はないので、あとは自分で探っていくしかない。

「蒼真、私と交わした約束を憶《おぼ》えているか？」

『ああ、憶えてるよ』

「約束通り、私の伴侶《はんりょ》になってくれ。私を食らって血肉にするか、生きたまま番にするか……」

『まだそんなこと言ってるのか？　死んで花実が……って教えただろ？』

「死生観は急に変えられないのだ。人間で言うところの、宗教《しゅうきょう》の違いのようなものだな」

『なるほど。まあ、お前の「食え食え」に付き合ってやってもいいけどな。ただし、千年後……お前の寿命が尽きる時だ。それまでは生きて俺の傍《そば》に居ろ』

蒼真は豹の姿のまま笑い、ユーリの頬《ほお》にキスをする。

「蒼真……！」

歓喜《かんき》の表情を見る間もなく抱きつかれ、そのままぎゅうぎゅうと痛いくらい抱き締められた。

豹柄のバスローブに包まれた腕や肩が、小刻《こきざ》みに震えている。脚や尾で撫でても、その震えは一向に止まらなかった。息を詰めて泣くのを堪《こら》えているのがわかる。

「ユーリ……」

人型に戻って名前を呼ぶと、呼応するように「愛している」と告げられた。

淫魔の魔力が完全に消えた状態で、もう一度この台詞《せりふ》を聞けてよかったと蒼真は思う。

ユーリの代わりのように空が泣き、ぽつぽつと雨が降ってきた。芝生を打っては跳《は》ね上がり、口づける二つの体を濡《ぬ》らしていく。

6

再会した夜のうちに軽井沢をあとにしたユーリは、蒼真が所有するキャンピングカーで関東に向かった。ホーネット教会の本部は北イタリアから東京に移転したが、行き先は王の居邸《きょてい》がある横浜だ。

推定《すいてい》三時間の道程をユーリが横になって過ごせるよう、ベッドルーム完備の車を手配したのは蒼真だった。夏場に三千キロ以上も飛んできたユーリは疲労困憊《ひろうこんぱい》しており、蒼真と無事に再会を果たして安堵《あんど》したあと、彼の腕の中で倒れてしまったのだ。

蒼真の屋敷には肉以外の食品がほとんどなかったので、とりあえず小麦粉を白湯《さゆ》で溶いた物を飲ませてもらったものの、まだ完全には回復していなかった。

「もうすぐ着くけど、どう？」

「――ん……もう大丈夫だ。みっともないところを見せてしまったな」

背中側から肩甲骨をマッサージしてくれている蒼真に、ユーリは「ありがとう」と礼を言う。

軽井沢を出てからずっと摩《さす》ってもらっているおかげで、体が解《ほぐ》れてだいぶ楽になった。

豹柄のファブリックで統一された車内は、照明を控《ひか》えていても煌《きら》びやかに見えるほど豪華《ごうか》で、大理石の床やクリスタルのシャンデリアなど、贅《ぜい》の限りを尽くしている。道路を走行中だということを忘れるくらい快適《かいてき》だった。

「明日にしろと言われたのに、我儘を言ってすまない」

「別にいいさ。明日は馨が来る予定だったし、そうなると紲が居ない状況でご対面になるもんな。たぶんあまりいいことにはならない。あ、紲は王母《おうぼ》な――男だけど」

「あの時の番殿《つがいどの》が、王母になったのだな？」

「そう、新生ホーネットの実権を握《にぎ》ってるのは宰相《さいしょう》のルイなんだけど、紲さえ説得すればルイも馨もどうにでもなる。紲の思考は普通の人間だからな……知的生物を捕獲《ほかく》して生餌《いきえ》にするなんて行為は耐《た》えられないし、バーディアンを悪いようにはしないはずだ」

「私は……その肝心《かんじん》な紲殿の匂《にお》いを嗅《か》いで、またおかしくなったりしないだろうか？　欲情してお前に挿入《そうにゅう》したくなるならまだしも、紲殿を襲《おそ》ってしまったら大変なことになる……」

「その心配はないから安心しろよ。紲は今物凄《ものすご》ーく満ち足りた生活してるんで、淫毒《いんどく》なんか全然出してない。穏《おだ》やかなもんさ」

ダブルベッドの上で後ろから抱かれながら、ユーリは紲の顔を思い浮かべた。

面識はないが、屋敷《やしき》に家族写真が飾《かざ》ってあったので顔だけは把握《はあく》している。

紲は日本人離れした亜麻色《あまいろ》の髪の青年で、とても優しげに見えた。小柄とは言えないが、線が細くて華奢《きゃしゃ》な印象だ。あの姿で蒼真の傍《そば》に八十年以上もいて、美味《おい》しいパンを焼いたり、とてもよい香りの香水を作ったりして蒼真を癒《いや》していたのかと思うと、彼の立場が羨《うらや》ましくなる。

これから先、紲のように上手《うま》くやっていけるだろうか。調香《ちょうこう》の才能もなければ料理の腕も劣《おと》り、子供を生むような特殊能力も持っていない。愛だけですべてを乗り越えるのは難しいはずだ。

「蒼真……そちらを向きたい」

ユーリは寝返りを打つように向きを変え、枕《まくら》に頬杖《ほおづえ》をついている蒼真と向かい合う。

彼の金髪に手を伸ばし、そっと梳《す》いてみた。指に嬉しいさらさらとした感触だ。会えなければ会えるだけでいいと思い、触れればより深く繋《つな》がりたくなり、番《つが》うことが現実味を持った途端《とたん》、過去の番よりも大きな存在になりたいと願ってしまう。欲望は留まるところを知らなかった。

「紲殿とも……こうして同じベッドで寝たりしたのか？」

「いや、飲精行為はあったけど、出した物を交換するだけで体には触れ合わないルールだったし、一緒に寝た記憶はないな。もしあったとしても豹の時だと思う」

「そう、か……人妻《ひとづま》で、夫が友人なら間違いは起きないか……」

「それによる抑止力《よくしりょく》は弱いけどな。本気で欲しかったらなんでもしたと思うし」

蒼真はくすっと笑って頬杖を崩《くず》すと、髪に唇《くちびる》を寄せてきた。そのまま瞼《まぶた》にもキスをされる。

以前からわかっていたことだが、蒼真はスキンシップが好きな男だ。気分が乗らない時は手が届かない所に行って背中で拒絶《きょぜつ》するが、気が向けば積極的に戯《じゃ》れてくる。

ユーリには無縁だった肌の温《ぬく》もりを、体のあちこちで同時に感じさせてくれた。

右肩には左手、腰には右手、頬には頬、耳に唇……と思ったら、再び瞼に口づけられ、右肩にあった手が襟足《えりあし》まで上がっていく。瞼の裏にある紫の瞳と、以前は金髪だった黒髪——それらを意識されているのがなんとなくわかった。

「其方《そなた》は私が何を言ったところで、堕天したこの姿に責任を感じているのだろうな……」

「感じてるよ。けどそれだけで番にはしないだろ？」

「――しないのか？」

「絶対しないね」

「蒼真……」

ユーリは思わず身を起こし、蒼真の首に縋《すが》りつく。

キスがしたくなって顔を引くと、あたかも同じ願望を抱いていたかのように唇が迫ってきた。

まずは表面を一舐めされて、それから唇を押し潰《つぶ》される。弾力《だんりょく》があって少し硬くて、熱っぽい唇だった。とろりと流れ込むような舌も熱い。もうすぐ目的地に到着するというのに、気持ちがよくて意識が飛びそうだった。

「は……ふ……っ」

「――ッ、ン……」

スキンシップ過剰な蒼真の手が、うなじから背中を経由し、腰や双丘の膨らみまで届く。

ユーリも蒼真に触れたくて、真似《まね》をしながら同じ所に手を忍《しの》ばせた。時々くすぐったくなって笑い合うこともあったが、そのたびに唇を啄《ついば》み、チュッチュッと音を立てる。

「……蕩《とろ》けそうな顔してる」

「ん……っ、キスが……とても、気持ちよくて……」

「じゃあ生きてないとな。死んで俺の一部になったら、キスもセックスもできないだろ？」

「蒼真……」

死して共に生きるという概念《がいねん》を持たない蒼真は、諭《さと》すように問うてくる。

こうして睦《むつ》み合いながら考えてみると、食べられて一つになるという思想は、食われる種族の諦念《ていねん》を正当化するためにあるのだとわかった。それがわかったところで、彼の一部になりたいと願う気持ちは変わらないけれど、自分が今何を望まれているのかは理解できる。

「蒼真……私は生きて其方の番になる。寿命が尽きるその日まで、力強く生きていく」

「──いい子だ」

蒼真は笑って、頭を撫《な》でてくれた。だいぶ子供扱《あつか》いされた気がする。

そう言えば随分と年上だったな……と思いだしつつ、ユーリは童心に帰って微笑《ほほえ》んだ。

ああ、なんて幸せなのだろう──肌触りのよい金色のシルクガウンに包まれながら、足を絡め合ったり髪を梳き合ったり、常にどこかが触れ合っている時間が楽しい。再び唇を塞《ふさ》がれたので歌うことはできなかったが、生きる悦《よろこ》びの歌が体中に轟《とどろ》いていた。


横浜市に入ったら身支度を整えることにしていた二人は、車内のベッドルームで共に着替える。

ユーリは蒼真から借りた礼服を着たのだが、思いのほか派手だったので鏡《かがみ》を前に困惑《こんわく》した。

ホーネットの新しい王は蒼真の甥であり、最初は正装など不要だと言われたものの、「そうはいかない、礼服を貸してくれ」と頼み込んで借りたのは自分だ。

しかしそれにしても、イメージとはだいぶ違う物を着ることになってしまった。

蒼真にとっての礼服――黄金の長袍《チャンパオ》は、金の装飾《そうしょく》や金糸《きんし》の刺繍《ししゅう》に加えてトパーズをふんだんにあしらった豪華な物で、半貴石《はんきせき》のビーズを使って豹の斑紋が描かれている。そのため手に持つとかなり重かったが、仕立てや裏地の肌触りがよく、着用後は重さもあまり気にならなかった。

「そして何故か俺までスーツになるという」

「合わせなくてもいいのだぞ」

「キラキラなお前の横で変な恰好《かっこう》できないだろ？」

着替えを終えた二人は、姿見の前に並んで服装をチェックする。

蒼真は光沢感《こうたくかん》のある黒いスーツ姿で、ノーネクタイのうえに金髪を適当に流していた。豹柄の物やアクセサリーは身に着けていなかったが、どことなく遊び人のように見える。

ユーリは蒼真の言葉通り大層煌《きら》びやかで、黒髪もきちんと整え、紫の瞳に合う紫水晶《アメシスト》と黄金の耳飾りをつけていた。もちろんすべて蒼真が選んだ物だ。

「ユーリは飾り甲斐《がい》があるよな。王子の気品で豹柄も上手く着こなしてるし、綺麗《きれい》な恰好させて自慢《じまん》したくなるっていうか……煌夜に真《ま》っ裸《ぱだか》で紹介する破目《はめ》になったのがいまさら惜しい」

「こんな高価な服は初めてで、なんだか落ち着かないが……」

ユーリは着替えを終えた今になって、この正装は場に相応《ふさわ》しいのだろうかと不安になる。

ショーレストランで歌手をしていたため、ラメやスパンコールのついた派手派手しい衣装には慣れているが、今は本物の貫禄《かんろく》に負けそうだった。そもそも豹柄の長袍を着ていくのは、王及びその家族に対して、蒼真の情人になったと宣言する行為と言えるだろう。

いきなり厚かましいのでは……と気になりだしたその時、車内のスピーカーからプッッと音が聞こえてくる。続いたのは、『蒼真様、街に入りました』という眷属の声だ。

「――っ！」

車が緩《ゆる》やかな勾配《こうばい》を上り始めるのと同時に、ユーリは空気の変化を察知した。

一見すると何も変わらないが、全身に妙《みょう》な負荷《ふか》を感じる。水の中に深く潜《もぐ》った時に近いものがあった。肌も髪も、自分のすべてが重たい物で押し流され、気を抜くと沈められそうな感覚だ。

蒼真から聞いた話によると、王が住む屋敷の周辺一帯は新生ホーネットの宰相、吸血鬼《きゅうけつき》ルイ・エミリアン・ド・スーラが買収し、スーラ一族と蒼真の李一族の眷属を住まわせているとのことだった。買収は現在も続けられており、街からは徐々に人間が退去しつつあるらしい。

ユーリは手摺《てすり》を摑《つか》んでカーテンを開け、深夜の街並みに目を凝《こ》らす。整備されていて道も広く、緑の多い美しい街が見えた。歩道には赤煉瓦《あかれんが》が敷き詰められ、昔ながらのガス灯を彷彿《ほうふつ》とさせる洒落《しゃれ》た外灯が並んでいる。

深夜だが灯りを点《つ》けている家も多く、そこには家族の団欒《だんらん》風景がありそうに見えた。ほどほどに裕福な人間ばかりが住む、閑静《かんせい》な住宅地といった風情《ふぜい》だ。

しかし街全体に魔力が広がっている。人間よりも魔族のほうが明らかに多かった。

否応《いやおう》なく、敵陣営《てきじんえい》に踏み込んでいる実感を覚える。

「……っ、物凄い数の……悪魔が……」

思わず漏らした声が震えてしまい、ユーリは体自体が震えていることに気づいた。

蒼真の手が腰に伸びてきて、ぽんと軽く叩かれる。「誰にも手出しさせないから」と言われ、車が止まると同時に手を引かれた。ベッドルームを出て乗降口のある前方に移動すると、階段を下りる前に「裾《すそ》、少し長いから踏まないようにな」と声をかけられる。

「ありがとう」

緊張《きんちょう》していたユーリは蒼真の言葉に胸がいっぱいになり、それしか返せなかった。

本来は天敵である魔族の住処《すみか》に踏み込む自分に、蒼真が気を使ってくれているのがわかる。

三百年以上前、清朝《しんちょう》の王族として生まれた彼は人間としても悪魔としても傅《かしず》かれて育ち、人に面倒を見てもらうのが当たり前だったらしい。現代でもそれは変わらず、多くの眷属を持つ彼は皿一枚自分では洗わず、他人の面倒を見たり尽くしたりするタイプではないのだ。

そんな蒼真の気遣いに感謝しつつ車を降りたユーリは、門の向こうの大きな建物を見上げる。

王の居邸であるスーラ邸は、高台に建つ壮麗《そうれい》な洋館だ。

眷属が住む街を見下ろせる位置にあり、反対側は桜の木に覆われた丘と海に面している。

今は緑ばかりの丘は庭園と繋がっていて、そこには真紅《しんく》の薔薇《ばら》が咲く見事な薔薇園があった。

夏なので咲き誇るのもわかるが、それにしても勢いのある香りだ。

人間より遥《はる》かに嗅覚《きゅうかく》が鋭《するど》いユーリには、この薔薇が特殊な物であることがすぐにわかった。

本来なら地上には存在しない赤い薔薇――その香気には、微量ではあるが魔力が潜《ひそ》んでいる。

「立派な屋敷だな……瀟洒《しょうしゃ》で美しい」

「旧華族の屋敷を買い取って修繕《しゅうぜん》したとか言ってた気がする。この時期は薔薇の香りが凄いな」

蒼真は聳《そび》える鉄扉《てっとびら》を眷属に開けさせると、おもむろにユーリの顔を見る。

「バーディアンは魔族の結界を通れるんだよな？」

「通れると思うが、勝手に入っていいのか？」

「ああ、連絡入れてあるし。紲がクッキーとスコーンを焼いて待ってるはずだ」

そう言われてみるとバターの香りも感じるが、しかしユーリの緊張は解けなかった。

王の伯父である蒼真は難なく通り抜けて、敷地の中で待つ体勢を取っている。

夕方にも蒼真の結界を通ったのだし、恐れる必要はないのだが、足を動かし始めた瞬間は胃が引《ひ》き攣《つ》った。門を潜《くぐ》ると、魔力で形成された膜《まく》のようなものを肌で感じる。ピーンと張りつめた膜だ。けれどそれによって何が起きるわけでもなく、ユーリは無事に通り抜けることができた。

「凄いな、最強の純血種《じゅんけつしゅ》の結界でも素通りだ」

「まあ……それは、魔族の結界が鳥や虫には効《き》かないからで……ある意味、鳥扱いなんだろうな。それはそうと王は不在なのか？　屋敷の中からは特に強い力は感じられないし……今夜はお会いできないのだろうか？」

「いや……紲の話だと居るはず。どこにも行かずに待ってろってメールしてあるし。馨は全身に純血種特有の結界を張って魔力を封じてるんで、俺にも探れないんだけどな」

首を傾《かし》げてみせた蒼真は、門から続くスロープを歩きだす。

すると玄関の扉が開いて、まだ遠いそこから一人の青年が現れた。

蒼真に比べれば微弱《びじゃく》だが、街に住む眷属達よりは遥かに強い魔力の持ち主だ。

「蒼真、思ったより早かったんだな」

優しげな声の青年は、足早にスロープを下りてきた。

ユーリは立ち止まり、写真で顔を知っていた香具山紲に向かって頭を下げる。

蒼真と八十年以上も番関係にあった紲に対して思うところは色々とあったが、十五年前の冬、十日間毎日パンを焼いてくれた恩人だ。そのうえ今や王母の地位にあり、蒼真の言葉が確かなら、この人こそがバーディアン一族の命運を握っている。

「ユーリ、紹介するよ。俺の元番の紲。種族は淫魔で、宰相の奥さんであり王母でもある。で、こちらは俺が堕天させたバーディアンのユーリ・ネッセルローデ。黒鳥の王子様だ」

「初めまして、香具山紲です。なんだか凄い紹介されちゃったけど、主夫をしながら人間として仕事もしてます。いつかお会いできたらと思ってました。蒼真の長袍が凄くお似合いで、とてもお綺麗ですね」

ユーリは少々困惑しながら、「恐縮《きょうしゅく》です。お初にお目にかかります」と言って紲の手を取る。

腰を深く落とし、クッキーの甘い香りがする手に口づけた。

「わ、あ……キスされちゃった。あの……そんなに畏《かしこ》まらないでくださいね。俺は貴族悪魔《きぞくあくま》でもないし、偉《えら》くもなんともない普通の人なので」

「十五年前……怪我《けが》をしていた私に毎日パンを焼いてくださったこと、心から感謝しております。紲様のおかげで早々に回復して、故郷に帰ることができたのです。あれからずっと……こうして直接お礼を申し上げたいと思っていました。その節は真《まこと》にありがとうございました」

「どういたしまして。当時はロールパンと食パンくらいしか作ったことなかったんで……あれを機に色々挑戦《ちょうせん》して勉強になりました。今夜はクッキーとスコーンを焼いたので、よかったら召し上がってください。あと、俺に様付けは必要ないですから。できれば敬語もやめてください」

微笑みながら玄関に向かうよう促す紲は、ユーリが思っていた以上に人間臭《くさ》い悪魔だった。淫魔の体臭《たいしゅう》である蜜林檎《みつりんご》の香りはするものの、淫毒と言えるほどの魔力は出ていない。何より、時々少し外《はず》れる視線が人間らしいのだ。

貴族悪魔の蒼真や煌夜は、生まれながらの悪魔といった風情で超然としており、全身から漲《みなぎ》る自信を感じられた。視線も、ある意味では不躾《ぶしつけ》なほど真っ直ぐだ。彼らには絶対優位の捕食者として生きてきた者の風格があった。

対して紲からはそういうものがまったく感じられない。新たな出会いに緊張し、少しの不安と警戒心《けいかいしん》を抱いて、しかしそういった感情を礼節の微笑《びしょう》で覆い隠《かく》す——如何《いか》にも日本人らしい男だ。

建物は洋風でも生活スタイルは和風らしく、玄関では靴《くつ》を脱《ぬ》がされた。

ユーリは客用のスリッパを勧《すす》められ、蒼真は自分の物らしい豹柄のスリッパを履く。

外観のイメージでは大理石の床に赤絨毯《あかじゅうたん》でも敷かれていそうだったが、実際には天然木の床が使われ、鹿島の森にあった李家の屋敷とあまり変わらなかった。とても空気のよい家だ。

紲は調香師という職業上、並外れて嗅覚が発達しているそうなので、汚れや臭いがつきやすい絨毯や、化学物質を使用した壁材は好まないのだろう。その辺りのこだわりが随所《ずいしょ》に感じられた。

「応接室にご案内しますね」

ユーリは「はい」と答え、蒼真と紲の間に交わされる会話に耳をそばだてつつ後ろを歩く。二人は顔を見合わせるでもなく、ごく自然に並んで廊下を進んだ。

紲が「キャンピングカーが見えたから驚いた」と言えば、蒼真は「ゴロゴロしながら来たくて、久しぶりに呼んでみた」と答え、「スーツ姿なんて珍しいな、蒼真が実は恰好いいってこと思いだした」と笑う紲に、「豹の俺はカッコよくないわけ?」と訊《き》き返す蒼真。

それに対して紲は、「あれは可愛いからな」と言ってまた笑う。

「ルイの帰国は明日なんだよな?」

「ああ、予定では明後日《あさって》だったんだけど、明日帰るって」

「一秒も離れたくないとか言ってなかったか?」

「そ、そこまでは言ってない……たぶん」

からかわれたらしい紲は、照れた様子で蒼真の腕をパシッと叩く。

仲がいいんだな……と思うと同時に、ユーリは二人の行き先を考えて神経を張り詰めさせた。

紲があまりにも人間臭く和《なご》やかなので事の重大さを忘れかけていたが、自分はバーディアンの代表として魔王《まおう》と対面するのだ。

強さでも寿命でも、地上に住まう知的生物の頂点に立ち、こうして人間社会に根付いて裕福な暮らしをしている魔族にとって、バーディアンは物の数にも入らない小さな種族だろう。だから今も平然と背中を向けて笑っていられるのだろうが――しかしバーディアンは確かに生きていて、彼らの存在に怯《おび》えながら流転《るてん》生活を送っているのだ。

場合によってはそういった現状を王に話して、命乞いするしかない。いずれにしても、自分は誇りを捨てて頭を下げなければならない立場だ。ただ弱いというだけで――。

「ユーリさん、ここが応接室です。息子を呼んでくるので、蒼真と一緒にここで……」

紲がそう言った途端、二階から扉を開閉する音と足音が聞こえてくる。

真鍮《しんちゅう》の手摺がついた大階段を見上げると、亜麻色の髪の青年と目が合った。

彼がラフなTシャツとジーンズ姿だったせいか、紲は酷く不満げに、「ちゃんと着替えるよう言ったのに……」と呟《つぶや》く。さらにユーリに対しても、「すみません、未《いま》だに反抗期で……」と、神妙《しんみょう》な顔で謝罪した。

「蒼真、なんなのそいつ……わけわかんねぇメール送ってくるし、冗談だろ?」

ユーリは階段を下りてくる青年に向かって、慌《あわ》てて一礼する。

そうして頭を下げている最中も、ホーネットの新王、馨の視線が突き刺《さ》さるのを感じた。

はっきりとわかるくらいの憎悪《ぞうお》と殺意に、血が凍《こお》る思いだった。反抗期なんて可愛いものではなく、酷《ひど》く憎まれているのがわかる。目障《めざわ》りだ、失せろ、消えろ、死ね――と、脳の奥に強烈《きょうれつ》な悪意を刻《きざ》み込まれる感覚だった。

――これが、魔王……最強の魔女を倒した純血種……!

胸に拳を当てながら顔を上げたユーリは、馨の姿を改めて見る。

家族写真で顔を知ってはいたが、実物は驚くほど蒼真に似ていた。顔立ちは母親譲《ゆず》りなのに、醸《かも》しだす雰囲気《ふんいき》が蒼真に近いのだ。体格も複製のようにそっくりで、喋《しゃべ》りかたや声も似ている。

「冗談なんかじゃない。俺はこの……バーディアンの王子ユーリ・ネッセルローデを番にする。バーディアン狩りを禁じて保護する掟《おきて》を新たに作り、ホーネット城に幽閉《ゆうへい》されたバーディアンを解放したうえで、結縁《けちえん》許可をくれ」

「……蒼真っ」

声を漏らしたのはユーリだけではなく、紲も一緒だった。

階段の上では、手摺を握った馨がわなわなと震えている。健康的な肌が見る見るうちに青ざめ、引き結ばれた唇も血の気を失った。見ているこちらが心配になるほどのショックを受け、怒りに燃えているのがわかる。

「馨、俺はクーデターに深く関わったが、それによって利益を得るつもりはなかった。だが今は功労者として報酬《ほうしゅう》を要求する。お前が許可しないならルイの許可をもらうまでだ」

「……は？　何言ってんだよ、王は俺だし！　俺がダメって言ったらダメなんだよ！　そんなの許せるわけないだろ⁉　どこの馬の骨か知らねぇけど、なんの脈絡《みゃくらく》もなくいきなり変な男連れて来て番にするとか、頭沸《わ》いてんじゃねぇの⁉」

「お前はすべての権限をルイに譲ったはずだ。お前もルイも承知しないなら、俺はホーネットを抜けて二度とお前に会わない。それでもいいなら却下《きゃっか》しろ」

ユーリは自分の一族の解放を頼む隙《すき》もなく、ただただ呆然としていた。

蒼真が自分のことを受け入れてくれたのはわかっているが、しかし彼が現時点で狂《くる》おしいほど愛してくれているとは思っていない。ユーリはそこまで夢見がちではなかった。

蒼真にとって、この屋敷に住む一家は大切な家族のはずで、どう考えても自分やバーディアン一族の命運と秤《はかり》にかけるようなものではないのに──甥に向かって何故《なぜ》こんなことを言うのか、理解できずに戸惑《とまど》ってしまう。王子らしく自分からも一族の解放を頼みたかったが、しかし王の機嫌をこれ以上損《そこ》ねるわけにもいかない。結局、二人の睨《にら》み合いを見守るしかなかった。

「おい、そこのバーディアン。お前は一族の代表なんだよな?」

蒼真の斜《なな》め後ろに立っていたユーリは、馨に呼ばれて「はい!」と慌てて返事をする。代表という言いかたを肯定すると、生き残りが自分だけではなく複数存在すると認めるようなものだったが、ユーリはこの状況で嘘をつくのは得策《とくさく》ではないと判断した。

馨が問題としているのは蒼真の結縁であって、バーディアンが生きていようといまいと、彼にとってはどうでもよいことのように思えたからだ。そんな馨が王で、宰相が紲の夫なら、未来に続く希望の光が見えてくる。

「──私は……バーディアン一族の王子で、ユーリ・ネッセルローデと申します。掟により妻を娶《めと》るまでは王位に就《つ》けませんが、直系王族の末裔《まつえい》として一族を代表して参《まい》った次第です。地上のすべての魔族を統《す》べる陛下《へいか》に、お願いしたい儀がございます」

「お前が俺に頼みたいのは、バーディアンを襲うなとか解放しろって話だろ?」

「は、はい……」

鳥達が優しいと評していた新しい王は、憤怒《ふんぬ》に彩《いろど》られた形相《ぎょうそう》で階段から下りてきた。

しかし顔つきのわりに声のトーンは落ちている。興奮し過ぎた己《おのれ》を省みてのことなのか、それとも凄んでいるのか、声量を抑えて低い声に切り替えていた。

「バーディアン一族なんて俺は今日まで全然知らなかったし、お前らがどこでどう生きてようと構わない。美味《うま》い体液持ってるのはわかるけど、そんなもん目当てにどうこうすんのは趣味じゃないからな。女王が捕らえたままになってるなら全員解放してやる。今後魔族がバーディアンに手を出さないよう、掟を変えてやってもいい。俺にはそうする力がある」

「……王、本当に……」

「その代わり蒼真には二度と近づくな。それができないなら、お前の仲間は解放しないし、掟の改正もしない。二つに一つだ」

「──っ!?」

暗紫色《あんししょく》の瞳《ひとみ》で打ち抜かれたユーリは、正面に立った馨を前に硬直《こうちょく》する。

紲が窘《たしな》めるように「馨っ」と口を出したが、彼は微動だにしなかった。

一族と蒼真と、どちらを取るのかと言われているわけではない──蒼真は絶対に渡さないと、そう言われているのだと気づかされる。

馨はまだ十八歳で、大学に上がったばかりだとも、普通の人間として生活してきたとも聞いていたが、ユーリを睨み据《す》える目は完全に男のものだった。甥が伯父を慕《した》っているだけとはとても思えない。

「馨、ユーリを惑《まど》わすのはやめろ。往々にして願い事は三つまでがお約束だろ?」

「……っ、蒼真」

ユーリと馨の視線を断ち切るように割って入った蒼真は、馨と対峙《たいじ》するなり一笑した。

呆れたと言わんばかりな笑いかたが癪《しゃく》に障ったのか、馨はたちまち顔を顰《しか》める。

「条件出してるのは俺なんだよ。俺が求める三つの願いをすべて叶《かな》えて可愛い甥っ子でいるか、要求を突っぱねて伯父を失うか、二つに一つだ」

「なんでだよ……俺達の誰も会ったことない奴と……しかも男と番になるとか、無茶苦茶《むちゃくちゃ》だろ！　そんな餌みたいな奴に一番いい服着せて、いったい何がしたいんだよ⁉」

「何がしたいって、惚れた相手と幸せになりたいんだろ。おかしいか？」

「……っ」

「俺はお前の幸せを願ってるけど、お前は俺の幸せを願ってはくれないんだな」

どこか責めるような口調で言った蒼真の前で、馨は顔を強張《こわば》らせた。

肌は紙のように白くなり、力強い瞳からは光が消え失せる。蒼真のことを真っ直ぐに見ていた視線は外れて、行き場を失った瞳が泳いでいた。まるで奈落《ならく》の底《そこ》に突き落とされたかのようだ。

——なんだか、酷い……そんな言いかたはあんまりではないのか？

最強の魔王のはずなのに、ユーリの目には馨が普通の青年に見えて仕方なかった。

恋に破《やぶ》れて頽《くずお》れそうな体を、意地で堪えて立っている。何も言えずに握った拳を震わせ、睨むことすらできなくなって、ようやく口を開いても結局何も言わずに閉じてしまった。

「馨、蒼真も、続きは明日ルイがイタリアから帰ってからにしよう。囚《とら》われてるバーディアンのこともルイが帰ってこないとわからないし、ユーリさんも長旅で疲《つか》れてるだろうから」

紲は自分の息子が可哀相《かわいそう》になった様子で、馨の横に立って腕にそっと触れる。

しかし馨はそれを屈辱《くつじょく》だと感じたらしく、紲の手を音が立つほど乱暴に振り払った。

「あ……っ」

「紲殿っ！」

紲は大きくよろめき、蒼真とユーリの間に倒れかけたので二人で支えることになる。

瞬く間の出来事で、紲が「馨……！」と声を上げた時にはもう、馨は玄関に居た。

扉を荒々《あらあら》しく開けた彼は、スニーカーの踵《かかと》を踏んだ状態で外に飛びだす。

庭から流れ込んだ空気が芳《かぐわ》しい薔薇の香りを運び込んだが、一度重たくなった空気は簡単には変わらなかった。


横浜に到着したのが深夜だったため、夕食と入浴を終えてベッドに入った時には、午前二時を過ぎていた。二階のゲストルームに通されたユーリは、天蓋《てんがい》の下で寝返りを繰り返す。

馨のことを慮《おもんぱか》ってか、紲にはユーリと蒼真を一緒に寝かせるという考えがなかったらしい。

ユーリをこの部屋に通した時、蒼真に向かって「豹柄ルーム、掃除してあるからな」と言って、別々に寝るよう暗に促《うなが》していた。

蒼真の部屋は一階の奥で、ここと対角線上の位置にある。

集中すれば辛《かろ》うじて蒼真の魔力を感じ取れるが、だいぶ離れているのがわかった。

——眠れない……。

絹《きぬ》の心地《ここち》好いシーツの上で、ユーリは再び寝返りを打つ。

長距離飛行で疲れているのに、馨の表情が目に焼きついて眠れなかった。

バーディアンの存亡という大きな事柄に関して、あんなにもあっさりと答えを出されたことも釈然《しゃくぜん》としない想いがあり、それに関しては光明《こうみょう》が見えたにもかかわらず気持ちは晴れない。

憎むべきは亡き女王であって、この屋敷の住人は誰も悪くないのはわかっていた。

バーディアンが抱く魔族のイメージとは違い、彼らはとても感情豊かで、紲や蒼真に至っては善良とすら思える。しかしやはり魔族は魔族だ。強者の余裕、そして傲慢《ごうまん》——そういったものを彼らから感じてしまったユーリは、弱き一族の代表として胸を痛ませる。

悪魔にとってバーディアンは、自分達の一存でどうにでもできる存在なのだ。

バーディアンが穀物《こくもつ》を思うままに啄《ついば》むように、彼らもまた、脆弱《ぜいじゃく》な餌をどうにでもできる。

こちらは頭を下げて頼み込み、生きる自由を請《こ》うしかないのだ。本来は当然あるべき自由を、弱者故《ゆえ》に請わねばならない。誇りを貫《つらぬ》くことなど許されず、意地を張れば滅亡《めつぼう》が待っている。

——容赦《ようしゃ》のない、弱肉強食《じゃくにくきょうしょく》の世界……生きることさえ、請わなければ叶わない……。

ユーリは仰向けに寝ながら腕を瞼《まぶた》の上に置き、完全な闇《やみ》を作りだす。

堕天した身で一族を救えそうだったり、愛した男が身内に向かって結縁宣言《けちえんせんげん》をしてくれたり、美味な食事を振る舞われたり、広々とした浴槽《よくそう》に浸《つ》かったり……表面上は夢のように素晴らしい展開になっているのに、長きに亘《わた》る一族の苦しみを思うと心が曇《くも》る。

「――っ！」

不意に人の気配を察したユーリは、腕を下ろして窓のほうを向いた。

そして次の瞬間、思わず目を疑う。ここは二階……それも一般的な建物の三階に相当する高さだというのに、バルコニーに人が立っていたのだ。チュールのカーテン越しなので明瞭《めいりょう》には見えなかったが、シルエットからして馨だとわかった。

「馨様……！」

ユーリは慌てて飛び起きると、転がり落ちるような勢いでベッドから下りる。

まずはカーテンを除《の》けて窓の施錠《せじょう》を解き、硝子《ガラス》の嵌《はま》った両開きの窓を左右同時に開けた。

湿度の高い夏の夜風が吹き込んでくる。室内の冷たい空気を、一瞬で温く変えた。

馨は出かけた時と同じ恰好をしていたが、Tシャツは脱いで手に握っている。

海側から吹き上がる潮《しお》の香りの夜風が強く、亜麻色の髪が揺れていた。

馨はおそらく翼を広げて飛んできたのだろう。蒼真や紲のように人間から生まれた混血悪魔は空を飛ぶことができないが、純血種の吸血鬼だけは自らの血液を翼に変えて飛行できる。女王がそうだったので、馨も同じタイプなのかもしれない。

「――俺が今お前を殺したら、蒼真はどうすると思う？」

馨は上半身裸でバルコニーに立ったまま、唐突《とうとつ》に訊いてきた。

そんな質問にどう答えるべきかわからず、ユーリはしばし押し黙《だま》る。

しかし答えなければいけないと思った。冷静に考えれば、答えは見えてくる。

「何も……変わらないかと存じます。少しは嘆《なげ》いてくれたとしても、ほとぼりが冷めたら馨様と蒼真の関係は、おそらく元通りになって……大きく変わることはないかと……」

正直に答えると、馨は少し驚いたように目を見開く。

毒気を抜かれたらしく、口角を緩ませて皮肉《ひにく》っぽい表情を作った。

「よくわかってんじゃん。お前は蒼真に利用されただけだ。蒼真が一番大事なものを守るために、俺と正反対の奴を使うと都合がよかったから……ただそれだけのこと。自惚《うぬぼ》れんなよ」

「――自惚れてなど、いません……」

ユーリは馨に向かって答えながら、蒼真が一番大切にしているものを思い描く。

それはたぶん、この一家だ。個人としてではなく一つの家族として、自分を含めて守っていきたいのかもしれない。父と母と息子と伯父――そのバランスを崩さないために、馨が秘《ひ》めていた恋心を退《しりぞ》けたかったのだろう。

馨にわざわざ言われるまでもなかった。

夕食時、酷く口数が少なくぼんやりとしている蒼真を見ながら、ユーリは彼の本音《ほんね》に気づいていた。もちろんすべてが嘘だとは思わないが、蒼真の言動には裏がある。

今夜この屋敷に自分を連れてきたのは、愛情でもなければ披露《ひろう》のためでもなかったのだろう。

礼服を貸してくれと頼んだ自分に、豹柄の非常に高価な服を渡してきたのも、「惚れた相手と幸せになりたい」などと馨に向かって言ったのも、目的は一つ――恋心を寄せてくる甥に対して直接断らずに見込みがない現状を突きつけることで、平穏《へいおん》な日々を守りたかったのだ。

「堕天したってことは蒼真に抱かれたってことか？　それとも、抱いたのか？」

馨の手が首に向かって伸びてくる。

ユーリは恐怖心を抑え、バルコニーと部屋の境界《きょうかい》に立ち続けた。

馨のほうが自分よりも拳一つ分ほど背が高く、手も大きい。首に触れられると、命を握られているることを痛感させられた。魔族は身体能力が高いため、その気になれば絞《し》め殺すどころか首をへし折って捥《も》ぐくらいのことができるだろう。

「どっちなんだよ」

「——っ、だ……抱いては、いません……」

喉《のど》を圧迫されて苦しい中で、ユーリは馨の目を見て答えた。

結局なるようにしかならないのだ。種族的に弱い自分にできることは、抵抗でも反撃《はんげき》でもなく、ただ正直に気持ちを告げることだと思った。

「私は十五年前に蒼真と出会って……初めて恋を知りました。蒼真は私が堕天しないように気を使ってくれたのですが、私は堕天して……蒼真はそのことにずっと、責任を感じていたようです。それ故に……私を番にしたいと言ってくれたのであって、惚れた云々《うんぬん》という発言は事実ではありません。貞節《ていせつ》を重んじるバーディアンの私の意思を……彼は優しさから尊重してくれたのです」

本当のことを語ると、馨は俄《にわか》に愁眉《しゅうび》を開く。

そんな表情を見ていると、彼が何を問題としているのかがわかってきた。

いくらか険《けん》の取れた顔で、上から下までまんじりと見られる。

執拗《しつよう》な視線ではあったが、これまでとは違って、睨まれているとは感じなかった。

「人形レベルの超絶美形を見慣れてるから、どうってことないと思ったけど……こうして見るとかなりの美人だもんな……レア中のレアだし、イイ匂いだし。男なのが気に入らないけど、身の程を弁《わきま》えてんならまあいいや」

「――っ、う……！」

ユーリの首を掴んでいた手を下腹まで下げた馨は、寝間着越しに股間《こかん》に触れてくる。

しかし性的な接触ではない。もっと粗暴《そぼう》で、別の意図があるのは明らかだった。

「これを、蒼真に挿《い》れようなんて思うなよ」

「……っ、痛、ぅ……」

性器を強めに握られたユーリは、痛みのあまり腰を引く。

転倒しないよう踵に力を籠《こ》めたが、さらに手の位置を落とした馨によって、陰茎《いんけい》だけではなくその下の物まで握られてしまった。ますます痛みが酷くなり、喉から声にならない悲鳴《ひめい》が漏れる。

「蒼真が俺を拒絶することで守りたいものがあるなら、今はそれに付き合って退《ひ》いてやる」

「う、っ……く……あぁ！」

ユーリは痛みに耐え切れず、膝を崩して後方に倒れ込む。

それにより性器から手を離してもらえたが、痛みが続いて呼吸も儘《まま》ならなかった。

喉の奥では気管がざわめく奇怪《きかい》な音が引っかかり、苦しさから吐き気を催《もよお》す。

体は汗に塗《まみ》れ、強《したた》かに打った尾てい骨の痺《しび》れが背中まで伝わってきた。

「――馨……様……っ」

永遠の命を持つ純血種の魔王を見上げながら、ユーリは迫りくる死の恐怖に怯《おび》える。

生きることを条件つきで許されたにもかかわらず、体は死を覚悟《かくご》していた。

歴然《れきぜん》たる力の差を、嫌というほど感じるのだ。魔力を覆う結界を解かれたわけでもないのに、この男は途轍《とてつ》もなく強いとわかってしまう。

「お前は蒼真の物でも、蒼真はお前の物じゃない」

闇夜を背負った馨は少しだけ膝《ひざ》を折り、顔に触れてきた。

指の腹で肌の質感を確認するように撫でたあとで、裏返した手の甲《こう》を押しつけてくる。

「――それを忘れんなよ」

ピタピタと頬を叩かれながら凄まれ、ユーリは返事もできなかった。

身も凍るほど恐ろしかったが、しかし元よりその通りではないかとも思えてくる。

最期は蒼真に食われて、あの肉体の一部になりたい……それを最高にして究極の愛だと捉えてしまう自分は、やはり被食者なのだ。その宿命からは逃れられない――。

「はい……」

馨の想いを考えると、それ以外の答えは出てこなかった。

彼が強くて恐ろしいからではなく、蒼真のことを好きな気持ちがわかるからだ。

馨は馨で、蒼真を好きでいればいい。あとから割り込んだ自分に何が言えるだろう。

蒼真を愛すること、そして彼の番になることを許してもらえるだけで、十分に幸せだった。

7

馨がバルコニーから去ったあと、ますます眠れなくなったユーリは二階の廊下に出る。

空調のある部屋とは格段に気温が違い、疲労も手伝って視界が二重にぶれた。

バーディアンは暑い所が苦手だ。横浜は軽井沢とは違って夜でも気温が高く、ユーリの体には好ましくない。できることなら一刻も早く軽井沢に戻りたかった。馨からも、魔物が犇《ひし》めくこの街からも離れて、蒼真と二人きりになりたい。

——蒼真……。

ユーリは真鍮の手摺を両手で摑みながら階段を下り、一段一段に両足を下ろす。

自分でも驚くほど急激に具合が悪くなってしまい、蒼真の部屋が遠く感じられた。

不調の大半は気温のせいではなく、気持ちの問題だ。ユーリ自身それはよくわかっている。

馨に接したことで体が死を覚悟してしまい、心身の均衡《きんこう》が大きく崩れたのだ。自分にとっても一族にとっても決して悪い状況ではないのに、動悸《どうき》が激しく、内臓が軋《きし》んで息苦しかった。

『——ユーリ、そこで待ってろ』

廊下の途中で壁に寄りかかって休んでいたユーリは、頭の中に響《ひび》く声に肩を弾《はじ》けさせる。

紛れもなく蒼真の声だった。思念で話しかけてきたということは、豹の姿でいるということになる。安堵と焦《あせ》りが同時にやってきて困惑したが、ユーリは言われた通りに待った。

幅も長さもある廊下には等間隔に同じ意匠《いしょう》のランプが配され、蠟燭《ろうそく》の炎を模《かたど》った電球が灯っている。温かみのある光だが、今のユーリには嬉しくない温もりだ。

廊下の先から扉を開ける音が聞こえた直後、仄灯《ほのあか》りに紫の目が光る。天然木の床をヒタヒタと歩いてきた大きな豹は、ユーリの前に立つなり方向転換して自分の部屋のほうを向いた。

『俺の背中に乗れ』

「蒼真……いくらなんでも重くないか？」

『お前なら大丈夫だ。重くても引きずって行くけどな』

額《ひたい》を膝にぐいぐいと当ててくる豹に摑まり、ユーリは慎重に背中を跨《また》ぐ。体重を乗せても特に揺らぎはなかったので、上体を伏せて膝を後方に流した。ユーリの足の長さの関係で結局膝から下は引きずられる恰好になるが、自力で歩かずに済むだけで楽だった。

『ユーリ……』

蒼真はユーリの名前を呼び、ユーリは「なんだ？」と問いかける。

しかし待っていても続きはなかなか語られなかった。何か言うのを躊躇《ためら》っているというよりは、言葉を整理しているように見える。あくまでもユーリの直感だが、なんとなくそう感じた。

『――馨のこと、許してやってくれ』

しばらく待ったあとに告げられたのは、そんな一言だった。

ユーリはハッと顔を上げ、目を瞬かせながら馨とのやり取りを反芻《はんすう》する。

「……っ、先程の話を……聞いていたのか？」

『馨は俺に聞かせる気はなかったと思うけど、ちょっと頑張ったら聞こえた』

豹の蒼真はユーリの鼻先にある耳を、ピクッピクッと動かしてみせた。

『週末はいつも軽井沢で俺と二人きりだし、馨は半端《はんぱ》なく強いから……強硬手段ならいつだって取れたんだ。けど何もしてこないし、何も言わない。結局アイツは崩せないんだよ』

「——今の関係や、家族を？」

『そう。なんだかんだ言ってもパパやママが好きで悲しませられない、いい息子だからな。俺が誰かと片づけば諦《あきら》めるしかないんだ。襲われたら俺は死ぬ気で抵抗するし……アイツが一度でも行動に移したら、もう二度と元には戻れないから』

四足で突き当たりまで行った蒼真は、ユーリを乗せたまま前脚を片方上げた。

レバー式の把手《とって》をガチャッと鳴らしながら開ける。さらに鼻先と尾を使って器用に扉を開け、スタンドの灯りだけが点いた自室に入った。室内は空調が効いていて、とても涼《すず》しい。

部屋の広さは約三十畳あり、アーチ型に開いた壁で二部屋に仕切られている。空間は繋がっているが、入り口から死角になった一角に人間用と獣用のベッドが並べて置いてあった。どちらも豹柄のファブリックが使われている。片や天蓋付きベッド、片や巨大なビーズクッションだ。

『体、大丈夫か？　どこか痛い所は？』

豹の背中から直接ベッドの上に移されたユーリは、ひんやりと冷たい空気を吸い込む。

問われてから自分の体に視線を送ってみたが、痛みを訴《うった》えるほど痛い所はなかったので、首を横に振った。「大丈夫だ」と口でも告げると、涙腺《るいせん》が疼《うず》く。油断すると涙《なみだ》が零《こぼ》れそうだった。

奥歯を食い縛《しば》って堪えてみると、蒼真に言いたい言葉が頭の中で駆け巡る。「其方《そなた》は以前から甥の気持ちを知っていて、彼が行動を起こす前に諦めさせようとして私を利用した……そういうことだな？」と、感情的にならずに確認したい。本当のことを聞きたかった。

しかし聞いたところで何になるのか、冷静に考えると言えそうにない。

蒼真は気まぐれなところがあるにしても、正直な男だとユーリは思っている。

おそらく無理に否定したりはしないだろう。その通りだと認めながら謝るのだろうか。それによって自分の気は済むのだろうか。いったい蒼真に何を言って欲しいのか——。

『馨が自惚れるなとか言ってたけど、あれは違うからな』

「……っ」

『堕天させたことに責任を感じてたのも、馨を退けるために利用する気があったのも本当だけど、だからって嘘は何もない。俺は自分の本能に忠実に、気の向くままに生きてる』

「蒼真……」

『雄でも色っぽく見えて、抱きたいくらいムラムラ来るのはお前だけだ。今は具合悪そうだから我慢するけどな』

豹の姿で額や尾を擦《こす》りつけてきた蒼真は、それだけ言うとベッドの上で丸くなった。

本当は少し痛かったユーリの腰や背中は、自然と豹に寄りかかって包まれる恰好になる。

室内が冷えている状況だと、毛皮の下の体温を十分に感じられた。温もりが心地好くて、ふと気づくと顔が綻《ほころ》んでしまっている。

「我慢、しているのか？」

『してるよ』

「私は、自惚れてもよかったのか……」

『お前に惚れられたことで、俺も自惚れてるしな』

豹の鼻先を胸に押しつけられ、くすぐったさに笑う。

怒りたくも泣きたくもなかったユーリにとって、笑えることは幸せだった。

今は不完全でも、少しずつ満ちていけばいい。今日より明日、明日より明後日のほうが蒼真を好きになる。彼の気持ちもそうなるように努力していけばいいのだ。蒼真を自分だけの物にできなくてもいい。好きでいてもらえるなら、それでいい。

「蒼真、私と幸せになろう」

ユーリは豹と共にシーツの渦《うず》に転がって、白い髭《ひげ》を除けながら豹の頬にキスをした。

人間の時よりも遥かに大きい紫の瞳に、自分のシルエットが映っている。

その瞳はきらりと光り、口角はわずかに吊《つ》り上がった。

『そんなことすると変容するぞ。どうなっても知らないからな』

じりっと身を捩《よじ》らせて尾を振る蒼真に、ユーリは「どうにでもしてくれ」と答える。

その途端、蒼真はユーリの背中に張りつきながら変容した。瞳の色はそのままに、人間らしい大きさに変わる。体毛の色は、選ぶ余裕がなかったかのように生来の黒になった。

「蒼真……」

懐かしい黒髪の蒼真に触れたユーリは、瞬く間に寝間着のボタンを外される。

名前を二度呼ぶ隙もなくズボンの中に手を入れられ、下着の上から性器に触れられた。

「ここ、触られたのか？」

探る手は性急で、馨が触れたことに怒っているように感じられる。

兆《きざ》し始めた陰茎は疎《おろ》か、摑まれて痛い思いをした嚢《のう》まで、全部を摩《さす》られた。

「──っ、う……」

「もう二度と触らせない。お前の体は、最後の血の一滴《いってき》まで俺の物だ」

執拗《しつよう》に触れてくる蒼真の手つきは、優しくもなく乱暴でもない。

馨の手の感触を急いで拭《ぬぐ》うように触り、下から上へと大きな動きで揉《も》んだ。

一撫《ひとな》でごとに血が集まっていく雄は、下着のウエストゴムを持ち上げて勝手に顔を覗《のぞ》かせる。

「あ……っ……」

ユーリの手は裸の蒼真の肌を弄《まさぐ》り、まだ薄《うっす》らと残っている斑紋を摩擦《まさつ》した。

涼しい部屋の中で感じる肌の熱さが愛しくて、掌と指を使って強く撫でる。

首筋も肩も背中も、手が悦ぶような感触だった。しなやかな筋肉と吸いつくような肌、高雅な茉莉花《ジャスミン》の香り──蒼真と触れ合っていることを実感する。

「ん、う……ふ……」

唇を貪るように奪われたユーリは、仰向けに寝かされながら唾液《だえき》を吸われた。

自分からも蒼真の唇や舌を求め、彼の黒髪に指を埋めながら頭を引き寄せる。

蒼真の唾液はユーリにとって毒にも薬にもならないはずだが、まるで淫毒のように作用した。扱《しご》かれ続ける雄がドクンッと脈打ち、蒼真の掌に対抗せんばかりに血管が膨らむ。極太の硬い針金《はりがね》のようになって、肉笠もより堂々と張りだした。

――挿れたい……。

雄として当たり前の衝動に突き動かされながら、ユーリは蒼真の腰に手を回す。引き締まって程よく盛り上がった双丘が堪らなく愛しくて、広げた手を繰り返し撫でつけた。

馨の脅《おど》しは骨髄《こつずい》に入り、そうでなくとも蒼真のスタンスを傷つける気はない。けれどもせめて触れていたくて、硬い膨らみを揉みながらキスをした。

「は……っ、あ……蒼真……っ」

ユーリは蒼真の口づけを断《た》ち切り、ベッドマットに手をついて身を起こす。

膝立ちになって欲望を根元から摑むと、斜めに横たわる蒼真と視線が合った。

拒絶を感じないどころか求められているのがわかり、ユーリはそのまま膝を進める。

濃厚《のうこう》なキスで濡れた唇に、彼曰《いわ》く頗《すこぶ》る美味な蜜を垂《た》らす鈴口を押しつけた。

突きだされる赤い舌に裏筋を当てて、ずぷりと挿入する。

「――ッ、ン……」

その刹那《せつな》、蒼真は少し苦しげに眉《まゆ》を寄せた。ユーリは過敏な肉笠で蒼真の唇の弾力や、口蓋《こうがい》と舌の熱さを感じる。陰茎全体に張り巡らせた硬い筋《すじ》で、口角の引き攣りを感じることもできた。

「蒼真……っ、あ……ぅ……」

「――ゥ、ン……ッ……」

たちまち絶頂に駆け上がりそうな快感と闘《たたか》いながら、ユーリは黒髪を摑んで腰を揺らす。

ジュプジュプと卑猥《ひわい》な音を立てて蒼真の口を犯すと、雄としての欲望が満たされていった。

そうなると体はさらに上の快楽を求める。何もかもわかっているかのようなタイミングで尻《しり》を摑まれ、両手で揉み解しながらあわいに指を添えられた。

「ふあ、っ、あ……」

ユーリは夢中で腰を前後に動かし、どう動こうとついてくる蒼真の指に翻弄《ほんろう》される。

唾液で濡らされた後孔は、彼の指をぷつりと迎え入れた。一本目が滑《なめ》らかに動くようになると、すぐに二本目が入ってくる。

それでもなお蒼真の髪や頭を押さえ続けたユーリは、喉奥目掛けて腰を動かした。

蒼真の口蓋に雄の先端を擦りつけるようにしながら、激しく突く。

「うあ、ぁ……！」

「――ッ、ウ……」

蒼真の指で前立腺《ぜんりつせん》を弄《いじ》られたユーリは、堪え切れずに射精《しゃせい》した。

恍惚《こうこつ》に酔《よ》いしれるその間も、体内では無数の指が蠢《うごめ》いている。

ドクンドクンと鳴る性器は別の生き物のように鼓動《こどう》して止まらず、熱い体液が管《くだ》を駆け上がる感覚がはっきりと感じられた。途切れ途切れに濃い物が出ていき、そのたびに蒼真の瞳が輝きを増していく。

「あ、っ……」

後孔に指を挿入されたまま、ユーリは蒼真の手で体を持ち上げられた。

体格はそれほど変わらなくても、体重は彼の半分以下しかない。ふわりと持ち上げられたかと思うと、蒼真の口に性器を挿《さ》し込んだ状態でベッドに横たえられた。

「……っ、蒼真……あ、ぁ……」

二人して互い違いに横になり、腰を引き寄せ合う。

目の前に来た蒼真の屹立《きつりつ》を見て、ユーリは躊躇いなく口を開けた。舌を突きだしながら喉奥に向けて深く食《は》み、口角がぴりぴりと痛むほどの怒張を愛撫する。達したばかりの雄をさらに舐められると震えが走って、シーツの海で不規則に身を揺さぶってしまった。

「ん、う……ふ……ぅ……」

「——ッ……ハ……」

片時もじっとしていられないユーリの体を、蒼真の指が激しく突き始める。

肉孔は蕩《とろ》けるように柔らかくなり、長い指をやんわりと締めつけた。

そこに挿れたがっている蒼真の雄が、ユーリの口内で一層逞《たくま》しくなる。

欲しい——まだ知らぬ快楽を求めて、ユーリは一気に顔を引く。

まるで心を読んだかのように、蒼真も顔を引いていた。

目と目を合わせなくても、口で言わなくてもわかる。お互いが今したくて堪らないことが何かわかって、そのためだけに体が動いた。

「ユーリ……ッ」

「あ、ぁ……あ――っ」

正面から穿《うが》たれた瞬間、ユーリは蒼真の腕を無心に掴む。

繋がった所から、瞬く間に熱が広がっていった。いくら慣らされても全方向に引き延ばされた小さな孔が痛みを訴え、思わず顔を顰《しか》めてしまう。涙が滲《にじ》み、苦しげな呻《うめ》き声が勝手に漏れた。

「う……く、う、ぅ……」

蒼真は体重をかけないよう気遣いながら動いてくれたが、緩やかに突かれても痛みはある。痛い、苦しい――とてもつらいけれど、今、自分の体の中に紛れもなく蒼真が居るのだ。

この痛みは、生きて恋をしている証《あかし》だ。食われて死んで、蒼真の血肉として生き長らえるのも魅力的《みりょくてき》ではあるが、今のこの悦びは二つの身に分かれて交わるからこそ味わえるもの……別々の体を結ぶ一体感は、なんて甘美なものだろうか――。

「あ、あ……！」

「――ッ、ユーリ……」

湿《しめ》った肌がぶつかって、平手で叩くような音が立つ。

これまではそれなりに優しかった蒼真が、荒々しく動きだした。

これが彼の本気だと思うと嬉しくて堪らなくなり、ユーリはどんな痛みも激しさも受けて立つ覚悟で蒼真に縋る。しかし指の行き場すら思い通りにならなかった。勝手に腕を引っ掻く指先、震える足、嬌声《きょうせい》を漏らす唇――蒼真の抽挿《ちゅうそう》に揺れる体は、あらゆる部分が恣行《しこう》している。

結合部も内臓も、それぞれがほしいままに動いて制御できなかった。

其方が好きだ、決して放さない——そう訴えているかのように絡みついて、体のすべてが彼を愛するために動いている。

「——そんなに、締めつけるなよ……すぐイッたら、カッコ悪いだろ……」

色めいた声を出す蒼真の姿は、いつしか獣染《けものじ》みたものに変わっていた。

発達した犬歯が口から覗き、肌には豹の斑紋が浮かんでいる。ユーリの膝裏を摑む手も、爪《つめ》が倍ほどの長さまで伸びて尖《とが》っていた。紫の瞳に至っては、瞳孔《どうこう》が極端《きょくたん》に小さくなって虹彩《こうさい》部分が大半を占める豹の目になる。ユーリの姿を映しながら、ぎらりと光った。

「……っ、蒼真……変容しかけて……」

「本気だと、こうなるんだな」

「うあ、ぁ……！」

太く逞しい雄を根元まで捩じ込まれたユーリは、片足を抱えられた挙《あ》げ句《く》に斜《なな》めに倒される。

繋がったまま強制的に俯《うつぶ》せにされ、さらに腰を抱かれると自然と四つん這《ば》いになった。

バーディアンとしては屈辱的な恰好だが、蒼真にとっては本気の体位のはずだ。さながら獣の交尾《こうび》のように、つまりは本能に近い衝動《しょうどう》で抱いてもらえるなら、こんなに嬉しいことはない。

「ユーリ……ッ」

「ん、あ……あぁ——」

ずんと重い抽挿に悲鳴が上がる。声だけではなく、腰まで悲鳴を上げていた。

ユーリは身悶《みもだ》えながらシーツを握り締め、獣の体勢で蒼真を受け止める。反《そ》り返った腰や背中が、ミシミシと軋みそうだった。

重厚な肉体に押し流される間もなく引き寄せられ、荒っぽく抜き差しされる。狭隘《きょうあい》な肉の道を、蒼真の雄で完全に占拠《せんきょ》された。肉笠によって拡げられたり掻き混ぜられたり、絶え間なく強い刺激を与えられる。

「――ん、ぅ……あ、あ……」

「ハ……ッ、ゥ……！」

変容途中の尖った爪が、時々皮膚《ひふ》に食い込んで痛かった。

今は気遣う余裕などないらしく、がつがつと激しく突かれる。

体液以外で蒼真を夢中にさせているという事実に、ユーリは至上の悦びを得た。

肉体的な快楽を上回る絶頂が、胸の奥で大きく弾《はじ》ける。この時を待っていたのだ。蒼真の体を自分が組み敷くことも想像したけれど、これでいい。抱かれることが、とても幸せだった。

「ん、あ……い、いい……っ、蒼真……ぁ……！」

「――ユーリ……ッ、もっと、深く入りたい……拡げて、見せてくれ……っ」

蒼真の声で耳を擽《くすぐ》られながら、ユーリは言われた通りにする。

より深く迎えられるよう、両手を後ろに伸ばして自分の尻を掴んだ。酷く恥ずかしかったが、指でしっかりと尻肉を捉え、ぐっと思い切り分ける。そして後孔を拡張する勢いで割った。

「……ん、あぁ……！」

最奥だと思っていた場所のさらに奥を、ずぷんと突かれる。

骨盤《こつばん》が邪魔して進めない限界の所まで来た蒼真が、体重をかけて自身を捩じ込んできた。

じりじりと、より先を探り当てるように腰を押しつけてきたかと思うと、過敏《かびん》な肉壁を逆撫でしながら一気に引いていく。

「――あ……！」

去られる時の切なさと、再び迎える悦びが折り重なってやってきた。

そのたびに腰が軋んだが、ユーリは構わず尻肉を掴み続ける。

過激なほど速く動く蒼真の下で、無意識に射精した。

「……く、あ……あぁ……」

迸《ほとばし》りを放ったその先には、蒼真のバスローブがあって……彼が本来持っている茉莉花の香りに、紲が作ったスキンローション、そして自分の精液の匂いが混じる。ユーリの嗅覚は、この香りを蜜月《みつげつ》の記憶として捉えていた。十五年前のめくるめく日々が、香りを通じて蘇《よみがえ》る。

「――ッ、ユーリ……もう、イク……！」

交尾という言葉が生々《なまなま》しく頭を過ぎった。本当に、獣の種付けのように激しい。

体の奥を熱く重たい物でびゅくびゅくと打たれる快感は凄《すさ》まじく、そのうえ射精の途中でもう一度仰向けにされてしまった。何がなんだかわからないくらいの勢いで夢と現を行き交いながら、ユーリは蒼真に抱き締められる。

「あ、ぁ……っ……あ――」

蒼真の腕の中で味わう、二度目の絶頂——空に舞い上がるような解放感と、深淵《しんえん》に沈むような矛盾《むじゅん》した感覚が懐かしくて堪らない。大きく揺らいで不安定なはずなのに、とても安心できた。

「——ユーリ……」

「蒼真……」

官能的《かんのうてき》な微笑《びしょう》が至近距離《しきんきょり》に迫ると、キスを求めずにはいられなくなる。

蒼真は体勢を変えてもまだ動き続けていて、射精したところで雄は少しも萎《な》えていなかった。

「ん……う……っ」

抽挿で息も苦しい中、ユーリは夢中で蒼真の唇を貪る。

顔を斜めに向けて舌を深く挿入し、唾液を絡め、濃厚なキスを繰り返した。

犬歯が鋭《するど》く伸びているせいで舌先を切り、自分の血の味が口内に広がっていったが、痛いとは思わなかった。蒼真の唇や舌が愛しくて、絡めるのをやめられない。

「……ッ、ア……」

「く、あ……ぁっ」

互いに甘い吐息を漏らしながら、血混じりの唾液を交わす。

ユーリは過激な口づけという意味で興奮を覚えたが、蒼真はそれだけでは済まず、最上の餌であるバーディアンの血液に反応していた。ユーリの後孔に収めた性器をさらに昂《たかぶ》らせると、舌を吸いながら腰を前後に揺らす。その勢いは増すばかりだった。

「……く、あ、ぁ……!」

重厚な天蓋ベッドが軋むほど荒々しく突かれたユーリは、後孔から溢《あふ》れる粘液《ねんえき》の音を聴《き》く。肉の道を満たす物が、雄同士の交わりに悩ましい音色《ねいろ》を添えていた。結合部はグチュグチュと鳴り、湿った肌は小気味《こきみ》よく打ち合う。

「――ん、う……っ――」

「……ッ、ユーリ……！」

蒼真の二度目の絶頂に合わせて、ユーリも際限なく駆け上がる。

折り曲げられた体の奥に熱い物を注がれながら、自らの顔に白濁《はくだく》を撒《ま》き散《ち》らした。

余計なことは何も考えられなくなる。絶頂のさらに先に上り詰めると、気が遠くなっていった。

『――悪い、興奮し過ぎた……すぐ戻る……』

不意に、そんな思念が届く。蒼真の声だ。耳からではなく、頭の中に直接届いた。

気を失いかけていたユーリは、触れていた蒼真の肌の変化に気づく。

相変わらず好ましい手触りだったが、掌が吸いつくような餅肌《もちはだ》から、ふさふさと柔らかい絹の如《ごと》き毛皮へと変わっていたのだ。ずしりと重く伸しかかる体は、紫眼の豹の物になっていた。

「蒼真……」

体重を分散してもらってもなお重かったが、しかしユーリは少しも驚かない。

この姿もまた愛しくて、繋がったまま豹の体に縋りついた。ぎゅっと抱き締めると、心地好い温もりに誘われて――半ば失神《しっしん》のように眠り落ちてしまった。

8

午後六時——陽が落ちかけてから目を覚ました蒼真は、豹柄のファブリックを使ったベッドの上でしばらく微睡《まどろ》んでいた。ユーリは紲の手伝いをしたいと言って早くから出ていったが、絹のシーツにはユーリの匂いが染みている。おかげで素晴らしくよい目覚めで一日が始まった。

性行為のあとにありがちな疲労感《ひろうかん》はなく、むしろ体中の細胞《さいぼう》が活性化している。

枕を抱いて俯せに寝ていた蒼真は、匂いを求めて少しずつ足のほうに身をずらした。

嗅覚を頼りに精液の染み込んだ所を探し当てようとしたが、その前に指先が見つけだす。

上掛けに覆われていたせいか、乾《かわ》いて固まりながらも十分に匂いが残っていた。

今は人間の姿だが、スンッと鼻を鳴らして嗅いでみると、精液本来の匂いの奥に類稀《たぐいまれ》な芳香が潜《ひそ》んでいるのがわかる。脳裏に白い花が咲き乱れ、背中に翼が生えて太陽の下を飛翔《ひしょう》するような感覚だった。

昨夜《ゆうべ》ユーリを客室に案内したあと紲がこっそり言っていたが、地上の植物に譬《たと》えるならやはりカモミールが近いらしい。つまり青林檎《あおりんご》の香りにも似ているということだ。

淫魔の持つ、甘く濃厚な蜜を孕《はら》んだ赤い林檎の香りとは違って、ユーリの香りは清楚《せいそ》で涼感《りょうかん》がある。堕天しても体臭に変化はなく、十五年前と何も変わっていなかった。漆黒《しっこく》の髪と紫の瞳によって色香が増した美貌《びぼう》と、爽《さわ》やかな香りのミスマッチが妙《みょう》に色っぽく、かえってそそられる。

――誰か来る……。

上掛けを被《かぶ》りながらユーリの匂いを嗅いでいた蒼真は、かまくら様の布団《ふとん》の中で顔を上げた。

廊下を進む足音を聞き取り、それが馨だと確信を持つ。愉《たの》しい時間は終わりのようだった。

やや急いでバスローブに袖《そで》を通すと、気怠《けだる》げなノックが聞こえてくる。どのみちベッドは入り口から死角になっているので、腰紐を締めつつ「何?」と応じた。

「――蒼真、父さん羽田に着いたってさ。俺の車で途中まで行って合流しない? 詳しいことは言ってなかったけど、なんか状況悪そうだし」

扉を開けるなり話しだした馨は、奥の寝室に向けて無遠慮《ぶえんりょ》に歩いてきた。

馨が今言っている「状況が悪い」とは、バーディアン一族の存亡に関わる話だろう。

ユーリにあれだけ悪態《あくたい》をつきながらも、その種族が滅べばいいとは思わず、滅亡即《すなわ》ち「状況が悪い」と素直に捉える辺りが善人の思考だ。やはり紐が育てただけのことはある。

「たぶんそうだろうと思ってた」

「なんだよ、知ってたのか……」

「女王が死んだあとすぐに、ルイに訊いたからな。徹底的《てっていてき》に調べてくれとまでは言ってないけど、城の地下牢《ちかろう》にバーディアンが今も居るかどうかは訊いてみた」

「へぇ……父さんはなんて?」

アーチ型にくり抜かれた壁のこちら側にやってきた馨は、ベッドの正面に立つ。

バスローブ姿で座っている蒼真を見下ろす恰好で、壁に寄りかかって腕を組んだ。

「百年以上、目にしたことがないって言ってた。ルイは女王から極上の乙女《おとめ》の生き血やなんかを提供される立場だったし……バーディアンの生餌が居るならそれも飲んでるはずだろ？　何しろ美容にいいって話だからな、ルイの美貌に執着《しゅうちゃく》してた女王なら当然、あれば出してる」

「……それってつまり、父さんには……飲んでた過去があるってことか？」

「ユーリには言えないけど、ルイはホーネット城で何度も飲んでる。百年以上前までは……」

当時は当たり前だったことを思い起こしながら、蒼真はルイが持ち帰る情報について考える。

ユーリとその仲間が居る以上、絶滅《ぜつめつ》ではないが、城に居た個体は全滅している可能性が高い。

蒼真は去年の時点でそれをわかっていたものの、一縷《いちる》の望みを抱いていた。

ホーネット城は案内がなければ身動きが取れないほど入り組んでいて、女王の眷属によって日々変化させられる立体迷路になっている。築城に関わった者は一人も生きていないため、秘密扉や開かずの間が把握し切れないほどあるのだ。そのうえ多少なりと城に詳しい女王の直系は、謀反人のルイに対して積極的に情報を開示しようとはしない。常に非協力的だった。

地下牢に捕らえられていたバーディアンがなんらかの事情で多数死亡し、残った数体を女王が独り占めしていたとしたら、今も城の地下に生き残りが居るかもしれない。或《あ》いは繁殖のために世界各地の研究所に送られ、そこで管理されている可能性も考えられる。

——状況が悪いってことは、その線もないってことか？

ルイがユーリに報告する内容を考えると、酷く気が重かった。

先程までの幸福感は露《つゆ》と消え、仲間の死に打ちひしがれるユーリの顔が頭に浮かぶ。

立場は違うが、蒼真も密猟者《みつりょうしゃ》の手で我が子を皆殺しにされた過去があり、報復した今でもあの時の絶望は憶《おぼ》えている。悔《くや》しくて悲しくて憎くて……ありとあらゆる負の感情に囚われて正常な判断を失い、自らも捕らえられて屈辱と痛みを味わった。

しかしあの時に感じた絶望は、正確に言えば絶望ではない。

蒼真はユーリから、群れに雌がいないことを聞かされていた。それこそが種にとっての絶望であり、李一族の場合は事情が違ったのだ。繁殖力を持つ貴族悪魔の自分が生き残っていたため、人間に種付けして眷属を増やし、一族を立て直すことができた。親として、そして主として深い悲しみはあったが、種の保存という点で望みが絶たれたわけではない。

ルイが最悪の結果を告げた場合のユーリの悲しみを理解しようにも、おそらく自分には難しいだろう。三百年以上も生きてきたが、本当の絶望はまだ知らなかった。

「ところでアイツって、蒼真のことなんにも知らないんだな。突発的な思いつきで番にするとか言いだしたのがバレバレなんですけど」

壁に寄りかかっている馨は、蒼真の表情によく似た皮肉っぽい笑みを浮かべる。

嫌な方向に話が流れていく予感を覚えた蒼真だったが、躱《かわ》さずに馨と視線を合わせた。

「何も知らないってことはないし、十五年以上前から考えていたことを、突発的な思い込みとは言わないだろ？」

「それにしてもあれはないと思うぜ。アイツ、紲がパン焼いてたら作りかたを教えて欲しいとか言いだして、その理由が蒼真に美味いパンを食べさせるためだって。笑っちゃうだろ、わかってなさすぎ。結局紲に、蒼真は肉以外ほとんど食べないって言われてさ、今はローストビーフの作りかた教えてもらってるぜ。獣人の好みを何も知らない奴が番になるとか、ほんとありえねぇ」

「俺とユーリが一緒に過ごしたのは、今日を含めてわずか十二日間だ。種族も違うし誤解が生じるのも知らないことがあるのも当然だろ。俺のために俺の元番から料理を習おうとする気持ちがあるなら、それだけで十分だ」

蒼真は馨の表情が少しずつ変化するのを見ながら、キッチンに立つユーリのことを想う。

起きた段階からルイの帰宅時間を気にしていたので、一族の行く末がわかる瞬間を今か今かと待っていることだろう。

その胸には期待もあれば不安もあるはずだが、紲の手伝いをしたりパンを作ろうとしたり——気を紛らわせる意図があるにしても、ひたむきで一生懸命《いっしょうけんめい》な姿が愛しい。

「わずか十二日間とか……なんで、そんなんで番とか……わけわけんねぇ」

「お前の父親は出会って六日で求婚してたぞ。そのあと六十五年も離れて暮らして……けど何も変わらなかった。長く一緒に居て何もかも理解することと、心が動くことはまったく別だ」

「——父さんと蒼真は違うだろ……っ、蒼真は、この美味そうな匂いに惹《ひ》かれてるだけだ」

壁から離れた馨は、ユーリの匂いの染みたシーツを平手で叩く。

下手に触れたら爆発《ばくはつ》しそうな感情がその胸の奥に見えたが、蒼真は何も見なかったことにしたかった。一度でもそういう意味で言い寄られたら、たぶんもう甥として可愛がれなくなる。今のまま、ルイや紲と一緒になって親のような立場で愛せる存在でいて欲しかった。

「吸血鬼は恋や愛を知る高等生物で、獣人は本能しかない下等生物だって、女王の時代にずっと言われてきたけど……新しい王まで同じ考えだとは思わなかったな。獣人の血を引く王になって少しはいい時代が来るかと思ったのに」

「――っ、獣人に対する偏見《へんけん》があるわけじゃない！　俺はただ……」

「いいよ、無理もない。俺自身そういう甘ったるいものとは無縁だと思ってたし、実際のところ本能で抱いてるわけだから。とにかく今凄く幸せなんで、このまま遅い春を満喫《まんきつ》させてくれ」

残酷《ざんこく》な言葉だと知りつつも、蒼真は思うままに語って馨を突き放す。

長い間ずっと紲やルイを見ていて、運命的な絆《きずな》の存在を感じていた。

それは絡《から》まったり伸びたりして非常に厄介《やっかい》なものだったが、最後には二人を引き寄せ、二度と離れないよう結びつけた。自分と馨の間にも確かに絆はあるが、しかしそれは伯父と甥という、血の絆だ。それ以上でも、それ以下でもない。

「蒼真の幸せに、俺は……関係ないんだ？」

「ないわけないだろ。お前がいなかったら誰も幸せになれなかった」

蒼真はベッドから下りて立ち上がり、馨の前に立った。

暗紫色の瞳が少し潤んで見えたが、謝ることも抱き締めることもしない。

自分と同じくらい大きく育った馨の体に手を伸ばし、逞しい上腕を軽く叩いて一言、「ルイを迎えに行こう」とだけ言った。

9

朝から香具山紲と共に行動していたユーリは、彼の生真面目《きまじめ》な生活ぶりに感嘆《かんたん》しながら多くのことを学んだ。自身はなんでも普通に食べられるそうだが、紲の夫のルイは吸血鬼なので、獣や魚の血は受けつけない。バーディアンと同じラクト・オボ・ベジタリアンだ。一方息子の馨は、肉食傾向にあるが雑食の大食漢《たいしょくかん》ということもあり、料理に割《さ》く手間と時間は相当なものだった。

屋敷が広過ぎるので掃除だけは眷属に任せているものの、洗濯《せんたく》は紲が独りでやっている。ただし、息子を何もできない男にしたくないという理由から、自室の掃除《そうじ》も洗濯物の管理も、馨自身にさせているとのことだった。夫には貴族として優雅《ゆうが》に生きて欲しいと思う反面、さらに上の王である息子には、人間社会の普通の大学生であって欲しい気持ちがありありとわかる。

居間には息子の成長を追った写真を飾り、カレンダーには家族の予定を書き込み、キッチンに置かれた献立《こんだて》ノートには、食糧在庫や発酵《はっこう》食品に関する多数のメモを貼っていた。

屋敷中を薔薇や季節の花々で華やかに彩り、手入れの行き届いた庭でハーブを育て――香具山紲は、百年以上も生きていながら退屈《たいくつ》とは無縁の生活を送っている。

「これほど忙《いそが》しくては調香のための時間が取れなさそうだが、どのように捻出《ねんしゅつ》しているのだ？」

ユーリは卵液を染み込ませたパンペルデュを焼きながら、横で自家製チーズを切っている紲に問いかけた。敬語はやめてくれと言われたので普通に話しているが、横柄《おうへい》に聞こえないかと少々不安はある。今作っているパンペルデュは、紲がルイのために焼いたバゲットを、ユーリ好みに変えるために卵やミルクに浸《ひた》し、柔らかくした物だった。

「本格的な調香に入るとラボに籠《こ》もるけど、普段は頭の中で調香してるんだ。香料の組み合わせには音楽みたいにある程度パターンがあって、プロの調香師は実際に香料を混ぜ合わせなくても想像できるから。洗濯物を干したり畳《たた》んだり、あとは入浴中とか庭仕事の最中とか……作りたい香水のイメージが広がるような音楽を聴きながら、頭の中でレシピを練《ね》ってる」

「それは素晴らしい能力だ。それに、紲殿が無駄のない一日を送っているのがよくわかる」

「いや……今のは理想で、ぼんやりすることもしょっちゅうあるけど。ユーリさんこそ、類稀な歌声の持ち主だって蒼真が自慢《じまん》してた。喋ってる時も凄く綺麗《きれい》な声だし」

「ありがとう。歌や声を褒《ほ》めてもらえるのは、バーディアンとしてとても誇らしいことだ」

ユーリは礼を言いながらフライパンの上のパンペルデュを引っ繰り返す。硬くても十分美味なパンだったが、濃厚な卵とミルク、そしてグラニュー糖と香り高いバニラオイルによって、一層魅惑的《みわくてき》なパンに進化していた。これは夕食としてではなく、いわゆるフレンチトーストを作ったことがなかったユーリに紲が教える形で作っているので、焼いているのは二切れだけだ。溶けたバターの上を滑りながらぷるぷると揺れるバゲットは、匂いからして蕩けるように甘い。

「メープルシロップはこれでいいかな？　もう少し甘さを控《ひか》えたのもあるけど」

紲は硝子瓶《ガラスびん》に入ったメープルシロップと粉糖を並べ、さらに冷凍庫からバニラアイスを出して小皿に盛った。一口程度のアイスクリームに、メープルシロップをかけて渡してくる。

「私はどんな物でも構わないが、せっかくなので味見させていただこう」

ユーリは火を止めてスプーンを手に取り、アイスクリームを口にした。

顔を近づけただけでもふわりと立ち上るメープルの香りを感じたが、舌の上で味わうと、白いミルクとバニラの花のイメージが頭に浮かび、琥珀色《こはくいろ》をした蜜の煌めきに心を奪われる。

「……っ、美味い……世の中には、こんなに美味い物があるのだな」

「よかった。うちは甘い物の消費量少ないから、なんだか嬉しいな」

料理を通じて距離をだいぶ縮《ちぢ》めた二人は、まだぎこちないながらも微笑みを交わした。

二つの皿にあつあつのパンペルデュを一切れずつ盛ってカトラリーを用意し、バニラアイスとメープルシロップを添える。最後に粉糖をたっぷりかけてから、ダイニングテーブルに移動した。


今夜の夕食は遅めということもあり、紲と二人で甘い軽食を食べ終えたユーリは、蒼真が街に戻ってきたことに気づく。魔族が犇めく街とはいえ、貴族悪魔の魔力はすぐにわかった。同時に感じた強大な魔力は、吸血鬼ルイ・エミリアン・ド・スーラのもので間違いないだろう。全身に結界を張っている馨の魔力は感じられなかったが、おそらく一緒に居るはずだ。

紲に言われて出迎えには行かなかったユーリは、耳を澄《す》ませながら応接室で待っていた。

今夜は昨夜と打って変わって涼しいので、網戸《あみど》を嵌めた窓が全開になっている。洒落《しゃれ》た窓枠《まどわく》の向こうは薔薇園だ。流れ込んでくる香りは麗《うるわ》しいものだったが、やはり魔力が潜んでいる。

――吸血鬼……ルイ・エミリアン・ド・スーラ……魔女の愛人だった男……。

ユーリは豪奢《ごうしゃ》な応接室のソファーに座りながら、目の前の紅茶を黙って睨み据えた。

バーディアンが鳥から得られる情報には、悪魔の身体的特徴は含まれていても名前は含まれていないことが多いが、数千年前から代々女王の愛人を務めてきたスーラという吸血鬼の名前は、疾《と》うに把握していた。ルイやルイの先祖がバーディアンに直接何かしたというわけではないが、その立場から考えて囚われのバーディアンの生き血を吸《すす》ったことはあるだろう。

そもそも女王が吸血鬼であったことや、バーディアン狩りには遠隔攻撃《えんかくこうげき》が可能な吸血鬼が狩《か》りだされることが多かったため、バーディアンにとって彼らは天敵だ。魔族すべてが敵ではあるが、吸血鬼は特に忌々《いまいま》しい存在だった。

――紲殿を見ていると、スーラ殿が悪しき人物ではないのはわかるが……。

ユーリはルイに関して自分が知っていることを蒼真にも紲にも言わず、胸に秘めていた。

彼らにとって大切な人を悪し様に言うわけにはいかなかったのと、ルイがバーディアンの血を吸ったのかどうかを聞いてしまうと、冷静ではいられない懸念《けねん》があったからだ。状況判断である程度の推測はできていても、それに関する真実は知りたくなかった。

ユーリは紲が淹《い》れてくれた紅茶に手をつけ、一口飲んでから深呼吸する。

蒼真との甘い一夜や、紲に教わった料理の味を思いだしながら気持ちを静めた。

もう間もなく、仲間の安否《あんぴ》がわかるのだ。細胞に刻み込むように受け継がれてきた怨嗟《えんさ》を封じ込め、今や宰相《さいしょう》となった魔女の情夫と向き合わなければならない。

「待たせてすまなかったな、私がホーネット教会の宰相ルイ・エミリアン・ド・スーラだ」

紅茶が冷たくなった頃、彼は蒼真と馨と紲を伴《ともな》ってようやく現れた。

玄関から直行したわけではなく、一旦《いったん》自室に戻って着替えてきたらしい。

ノーブルなスーツがよく似合っており、歩く姿がとても優雅で目を惹かれた。

左手には紋章《もんしょう》が型押しされた革製《かわせい》の書類ケース、右手には同じ意匠の小箱を持っている。

一方、紲は人数分のティーカップをアンティークの硝子ワゴンに載せて運んできたところで、蒼真と馨は出かけた時の恰好のままだった。

「お初にお目にかかります。バーディアン一族の王子、ユーリ・ネッセルローデと申します」

扉が開くと同時に立ち上がっていたユーリは、ルイに向かって深々と一礼する。

彼の顔も写真で知っていたが、昨夜馨が言っていた通り、人形のように美しい男だ。

過去の因縁《いんねん》も何もかも忘れて、思わず見惚《みと》れてしまうほどの美貌だった。真珠を練って作ったような雪色の肌と艶《つや》やかな黒髪を持ち、圧倒的な艶色《えんしょく》と威容《いよう》を誇っている。

ルイが現れた途端、応接室に漂《ただよ》っていた薔薇の香気が高まった気さえした。実際には彼自身の香りなのだろう。まるで朝摘《あさづ》みのローズ・ドゥ・メだ。紅薔薇の園に迷い込んだ気分になる。

「話には聞いていたが、高貴な顔立ちの美男だな。金髪翠眼《すいがん》の頃もさぞや美しかったのだろうが、今の色もよく似合う。同性には興味のなかった蒼真が惚れ込むのも無理はない」

「恐れ入ります。スーラ様の美貌には遠く及びませんが、お褒めに与《あずか》り光栄です」

再び一礼したユーリに、ルイは「座ってくれ」と言って自らもソファーに腰かけた。

ルイの隣に馨が座り、蒼真はユーリの隣に座る。

そして紲は、紅茶の入ったカップを各自の前に置いてから、下座の一人掛けソファーに座った。

しん……と一瞬静まり返ったその瞬間、ユーリは場の空気を察する。

誰一人として笑っている者がいないのだ。隣に座る蒼真は仕方がないとしても、馨も紲も目を合わせようとしない。視線を向けてくるのは正面のルイだけだった。

「ロシアから飛んできて息子に会いにきたそうだな。まだ疲れも残っていることだろう。魔族の多い街で息苦しいかもしれないが、我が家でよければゆっくりしていってくれ」

「お気遣いありがとうございます。スーラ様もイタリアから戻られたばかりと伺《うかが》っております。お忙しい時に申し訳ございません。お時間を割いていただき感謝致します」

ルイは「構わん」と一言だけ零すと、笑み一つ浮かべずに瞼を落とす。

漆黒の長い睫《まつげ》毛が時間をかけて持ち上がり、再び視線が繋がった。

「単刀直入に話したいと思っているが、いくらかましな話と非常に悪い話がある。どちらを先に話すべきか、私としては迷うところだ。君自身に選んでもらおうと思うが、如何《いかが》かな？」

低く響《ひび》く美声が耳から脳に届くなり、ユーリの背筋は凍りつく。

非常に悪い話――そう言われれば、最早《もはや》聞かなくても察しがついてしまう。

最悪の状況も十分に覚悟していたつもりだったが、やはり希望のほうが大きかったのだという ことを、今改めて感じた。ホーネット城の地下牢には囚われている同胞《どうほう》がたくさん居て、そして その中には雌も複数居るという希望……解放と同時に外に居る仲間と合流し、結婚式が行われて卵が産まれて、百年後には子供が大勢誕生する。そんな明るい夢を、「期待し過ぎるな」と常々制しながらも見ていたのだ。落胆《らくたん》しないよう希望を抑え込んだところで、結局こうして落胆してしまう。詳細を聞かされる前から手足が震えそうだった。

「悪い、ほうは……あとにしていただければと、存じます」

途切《とぎ》れ途切れだったが、どうにか答える。

少しはましな話と非常に悪い話――どちらが先でも結果は同じことだが、仲間の生存について一刻も早く知りたかった気持ちは儚《はかな》く消えて、今は少しでも時間を引き延ばしたい。最悪の話を聞いても涙を流さずに済むように、もう一度覚悟を決める時間が必要だった。

「――では、まずはこれを……」

ルイはそう言って革製のファイルケースを開くと、中に入っていた書類を差しだす。

ローテーブルを挟《はさ》む形で受け取ったユーリは、ずっしりと重い束を見て目を瞬かせた。

フランス語でプリントされていて、何が書いてあるのかまったくわからなかったのだ。

用紙の上部には、大雀蜂《オオスズメバチ》と十字架《じゅうじか》の紋章《もんしょう》が金箔《きんぱく》で型押しされていた。これはホーネット教会の紋章だ。バーディアンにとっては酷く忌々しい。

「ロシア語に訳すよう命じてきたが、今のところフランス語だ。写真だけでも目を通してくれ」

ユーリは「はい」と答えて、読めないながらに書類を捲《めく》る。

そして添付された写真や精緻《せいち》なイラストを注視した。最初は指輪、次は首飾り、そして絵画や彫刻などが出てくる。どうやらアンティークや美術品のリストのようだった。

「……これは、どういった物でしょうか？」

「ホーネット教会が、バーディアンから強奪《ごうだつ》した財物のリストだ」

ルイの言葉に「え……？」と声を漏らしたユーリは、これまでよりも急いで書類を捲る。

すると確かに、翼の紋章が入った宝冠《ほうかん》や腕輪のイラストが出てきた。宝冠に関しては子供の頃から聞いていた物と同じで、翼を模《も》した巨大なエメラルドが嵌め込まれている。

「我々は、女王の暴虐《ぼうぎゃく》を抑えられなかった責任を感じている。奪った物は可能な限り回収して、現存するバーディアンに返還《へんかん》する所存だ。だが財物の行方を辿《たど》ってみたところ、装飾品の多くはダークエルフによって別の装飾品に作り変えられ、女王からの恩賞として世界各地の貴族悪魔の手に渡っている。彫刻や絵画に至っては人間に売却された物も多かった。すべてを返還するのは困難なため、回収が不可能な物に関しては賠償金《ばいしょうきん》を支払う形を取らせてもらいたい」

「……賠償金？」

「返還できる見込みのない財物の推定価値は、米ドルで二億《おく》という試算が出ているが、十億ドル支払う用意がある。明後日までにロシア語のリストと試算表、そして誓約書《せいやくしょ》を完成させる予定だ。それを群れの仲間に見せて、有識者と共に検討《けんとう》してくれ」

ユーリは十億ドルという嘘のような金額に、驚愕《きょうがく》よりも絶望感を強める。

弱い者が強い者に蹂躙《じゅうりん》されるのは世の理《ことわり》で、魔族やバーディアンの世界に弱者救済などという人間臭い考えはなくて当然だった。前政権が何をしたからといって、新生ホーネット教会が補償金を支払ったり戦利品を返還したりする義務はなく、この申し出は過分な話だとわかっている。

しかしだからこそ絶滅を意識させられるのだ。

滅びの種族だとわかっていたのに、現実として突きつけられると息をするのも苦しくなる。

「肝心《かんじん》の誓約書の内容だが、今後一切、ホーネットの魔族がバーディアンに手出ししないことを誓《ちか》うものだ。違反者は厳重に罰《ばっ》する新たな掟を作るべく、こちら側はすでに動きだしている」

ルイはそこまで言うと、ティーカップの横に置いていた小箱を手にした。

黒い革製の箱を開けてから手を斜めに伸ばし、正面に居るユーリではなく、ユーリの隣に座る蒼真に向かって差しだす。ソファーに深めに腰かけていた蒼真が身を乗りだして箱を受け取った時には、中に入っている物がはっきりと見えた。

――指輪……！

箱の中には同じ指輪が二つ入っていた。どちらも黄金で、綺麗に磨《みが》かれている。教会の紋章である大雀蜂と十字架が刻まれ、中央に嵌め込むべき石はない。そして二つのうち右側の指輪には小さな紙の札《ふだ》がついていた。一見すると値札のようだが、実際に書かれているのは値段ではなく、フランス語の走り書きだ。二つの指輪を識別するためのメモのように見える。

「ルイ……この左のやつ、あれか？　クーデターの前に分捕《ぶんど》られた指輪……」

「ああ、捨てられたと思っていたが城の外で保管されていた。右側は新しく用意した物だ」

ルイは蒼真に向かって説明すると、再びユーリの顔を見る。

ユーリには彼らの会話の意味がわからなかったが、指輪を目にしたことで少なからず心が動き、絶望とは別の感情が芽生《めば》えていた。

「ユーリ王子、魔族は生態に絡んだ複雑な事情があるため、今のところホーネット教会では同性婚が認められていない。故に結婚とはいかないが、それに等しい結縁は認めよう。その指輪は、貴族悪魔が番に贈る誓いの指輪だ」

「誓いの指輪……」

「想いを籠めて流した血を枠に溜め、魔力で固めることでルビーに似た石に変える。それを番の指に嵌めさせることで、他の悪魔から番を守ることができるのだ。左側の指輪は紲が使っていた古い物ではあるが、蒼真が三百年以上前から所持していた物なので一応持参した。右側は急きょ用意した新しい指輪だ。共に蒼真の名が刻まれている。どちらを使うかは二人で決めるといい」

「――どっちにする？」

蒼真が開いた箱を向けてきたので、ユーリは二つの指輪を見比べる。

どちらも磨かれているので古いほうでも遜色《そんしょく》はなく、あとは気持ちの問題だった。蒼真と共に三百年以上の時を過ごした指輪……しかし自分以外の指に嵌められていた物を選ぶか、それとも新しい人生の象徴のように真っ新な物を選ぶか――どちらがいいのだろうかと迷ったユーリは、不意に視線を馨や紲に向けた。

馨は腕を組んで明後日の方向を見ており、頗《すこぶ》る機嫌が悪そうに見える。紲は指輪の元の持ち主だけあって、ばつが悪そうに首を傾けていた。「ごめんなさい」とでも言いたげな顔だ。

改めて見てみると、紲の指には誓いの指輪がなかった。王母であり宰相の妻でもある彼だが、今の話からすると正式には宰相の番らしい。しかしその証《あかし》を着けていないのが不思議だった。

「あ……俺も外に出る時は指輪を嵌めてるんだけど、家事の時に外さなきゃいけないことが多いから、普段用はアンクレットにしてるんだ。ユーリさんもそうする？」

ユーリの視線の意味を察した紲は、自分の足首に手を伸ばす。実際に見せてはこなかったが、納得できた。紲のように一日中料理や家事に奔走《ほんそう》するなら、それが一番いいだろう。

「いいえ、私は鳥に擬態化《ぎたいか》するので……足だとなくしてしまう危険があります。手はこの形のまま胴体に収めることも可能ですから、指輪で……」

ユーリは紲と話しているうちに心が決まり、蒼真が持つ小箱の中から古い指輪を手に取る。

すると蒼真が掌を差し向けてきたので、一度返してから左手を彼に預けた。

「古いほうでいいのか？」

「ああ……紲殿に学んで、其方が心穏やかに過ごせるような、よきパートナーでありたいのだ」

「紲に学ぶのはいいけど、紲は紲、お前はお前でいいんだからな」

「――蒼真……」

「たまには振り回されるのも悪くない。順調過ぎると退屈《たいくつ》だろ？」

隣に座っている蒼真が、ようやく笑みを浮かべる。

なんとなく気を使われている感はあったが、しかし嘘ではなさそうだった。

これから聞かされる悪い話を前に、喜んでいてはいけないのは重々承知している。それでも、指輪を嵌めてもらう瞬間は堪らなく嬉しくなった。胸の中で喜びの花が次々と咲いて、身も心も幸福感に包まれる。左手の薬指を改めて見ると、視界がじわりと潤《うる》んでしまった。

「これはとりあえずの予約。血の石を嵌めたら、お前は正式に俺の番だ」

誰もおめでとうとは言わない重たい空気の中で、ユーリは歓喜と絶望の境界を彷徨《さまよ》う。

もう少しこちら側に居たい……そう思うけれど、蒼真との視線を断ち切って、再びルイと向き合わなくてはならない。芳しい百花繚乱《ひゃっかりょうらん》の花園に背を向けて、血臭が漂う底なしの崖《がけ》へ——自ら足を向けるような感覚だった。もう少しだけ、せめてあと一日……ここに留まる時間が欲しい。

「あ、あの、よくない話のほうは明日にしたらどうかな？　今夜はユーリさんと一緒にご馳走を作ったし、やっぱりお祝《いわ》いはお祝いで……ちゃんとしたほうがいいと思うんだけど……」

紲が全員に向けて、特にルイに向けてそう言うと、ルイは「そうだな」と言ってからユーリに視線を向けた。

「君のように美しく、長い寿命を持つ青年が蒼真の番になってくれて、私は大いに感謝している。予《かね》てより蒼真によい相手を……と思ってはいたのだが、寿命や種族の問題だけではなく、蒼真の目に適《かな》う相手がいなくて困っていたところだ。心に決めた人がいたのだから、それも当然だったわけだが……君を見て、誰にも靡《なび》かなかった理由がよくわかった」

「褒め過ぎだろ。ほんと、父さんは俺の邪魔《じゃま》するのが好きだよな」

これまで黙っていた馨が突然口を挟み、そうかと思うと立ち上がる。「やってらんねぇ。金で蒼真を片づけようとしてるだけじゃん」と吐き捨てると、そのまま扉に向かっていった。

ルイも紲も名前を呼んで引き止めたが、馨は応接室から出ていってしまう。

馨の言葉は度が過ぎるにしても、ルイが弱者のバーディアンに対して多額の賠償金や魔族側に不利な誓約書を用意するのは、単なる同情ではないはずだ。バーディアンの王子を名乗る者が、蒼真の番になりたいと言った——それはおそらくルイの言葉通り、彼にとって感謝に値するほど都合のよい話だったのだ。察するに、愛息《あいそく》が伯父と関係するのを阻止《そし》したいからだろう。

扉が開閉されたあとは重たい空気と沈黙が残り、それによってユーリの気持ちも固まった。

「——今、仰《おっしゃ》っていただきたい。私はもう、覚悟しています」

ユーリは左手に嵌めた指輪を右手で覆い、ぎゅっと力を籠める。

すると隣から蒼真の手が伸びてきて、右手の甲を包まれた。彼の手は温かく、冷たい肌が瞬く間に温もる。顔を向けても横顔しか見られなかったが、とても心強かった。

「大変遺憾《いかん》に思うが、ホーネット城に囚われていたバーディアンは八十五年前に全滅していた」

「……っ、八十五年前!? そんなに、そんなに前から……」

ユーリは全滅という言葉を覚悟していたが、ルイから聞かされた全滅の時期に愕然《がくぜん》とした。

本当にそうだとしたら、仲間達はあまりにも長い間、無駄な希望に縋っていたことになる。

今もなお、城の中には同胞が居ると信じている彼らに、告げられるような話ではなかった。

「そんな馬鹿な……っ、女王がバーディアンの血を死なない程度に吸っていたら、寿命からして多くの仲間が今でも生きているはずだ！ 雌が九名……雄が五十名！ それだけ生きているはずなのに、何故……何故そんな昔に全滅したのだ!? 理由を説明してくれ！」

ユーリは蒼真の手を振り切って、テーブルの上に両手を叩きつける。

一瞬震えたいくつものティーカップや、左手の指輪が金属的な音を立てた。

「失礼した……だが教えていただきたい。いったい何故全滅したのか……」

「それは聞かないほうがいい。結果は何も変わらず、遺恨《いこん》が募《つの》るばかりだ」

「嫌だ！　すべて聞かなければ納得できない！　たとえどんなに惨《むご》い話であろうと、私は真実を知りたいのだ。王子として、一族の末路《まつろ》を……仲間の苦しみを知らなければならない！」

ユーリの怒号に、ルイは初めて視線を迷わせた。唇を一文字に引き結び、眉を寄せる。

しばらくそうしてから揺らぐ瞳を紲に向けると、おもむろに「席を外してくれ」と告げた。

言われた紲も迷いを見せたが、無言のまま頷いて立ち上がる。重い足取りで扉に向かった。

紲が応接室から出ていったあと、ユーリは浮かせていた腰をソファーに沈める。

ルイと蒼真と自分の三人だけになったことで、緊迫感《きんぱくかん》が弥増《いやま》した。

「――八十五年前、ホーネット城の地下で凄惨《せいさん》な事件が起きていたことを、城の外で暮らす者は誰も知らなかった。その当時、城に居たのは女王とその直系の貴族と眷属《とう》ばかりで……特に何かきっかけがあったというわけではなく、複数の貴族が徒党《と》を組んでバーディアン女性を凌辱《りょうじょく》し、一人残らず堕天させてしまった。嘆《なげ》いた女性達はその場で自害し、それを目の当たりにしていたバーディアンの男達が一斉《いっせい》に特殊な音域の歌を歌ったところ、その場に居た貴族は激しい頭痛にのた打ち回り、歌を止めさせようとして闇雲《やみくも》に反撃《はんげき》した」

ルイが語る通りの凄惨な光景が脳裏に浮かび、ユーリは言葉を失う。

息をするのも忘れて、誇り高いバーディアンの雌の最期を想った。雌には一度も会ったことがないが、話には聞いている。彼女達は生涯唯一《しょうがいただ》一人の雄を愛し、番となって貞淑《ていしゅく》に生きるのだ。

「城の中ではバーディアンに対する凌辱行為が禁じられていたこともあり、女王の怒りを恐れた彼らは地下牢に火を放ち、火災を装《よそお》ってすべてのバーディアンを焼き払ったという話だ」

「――っ、う……」

「その後、事件に関わった貴族達は……」

「ま、待ってくれ！　それ以上は言わないでくれ！」

ユーリはソファーから立ち上がり、ルイの顔を見ながら無心で首を横に振る。

女王の直系貴族が女王から優遇《ゆうぐう》されるのは当然だとわかっているが、それでもバーディアンを全滅させたことに関しては怒りを買って処刑《しょけい》されたか、命は許されたうえである程度の罰《ばつ》を与えられたか、或いは何一つ痛みを負うことなく済まされてしまったのか……そのどれなのかを知りたくなかった。もしも処刑されていたら怒りの行き場はなくなり、生きているなら復讐《ふくしゅう》の対象が明確になって大人しくしていられなくなる。自分達にとっては、遠い過去だと思えるほど昔の話ではないのだ。今知ったばかりの、今から始まる怨《うら》みになる。

「真実を知りたいと言っておきながら……勝手だが、その悪魔達が受けた処分の内容や……今、生きているか死んでいるかについては、どうか……聞かせないで欲しい。どちらにしても、心が乱れて……っ、私も一族の者達も皆、冷静ではいられなくなる」

「ユーリ……唇が真《ま》っ青《さお》だ。少し休んだほうがいい」

心だけではなく体まで頽れたユーリは、立ち上がった蒼真に支えられた。

彼はルイに向かって、「これで話は終わりだよな？」と問い、ルイは「ああ」と短く答える。

番の指輪を嵌めてもらった瞬間に見た花園から一転、本当に奈落の底に落ちたようだった。目の前が時折《ときおり》真っ暗になり、応接室の家具やカーテンが何重にもぶれて見える。

「群れにはもう、雄しかいないのだ……卵も、一つもない……」

蒼真に支えられながら扉に向かって歩いたユーリは、独り残るルイに聞かせるために呟いた。

蒼真には事前に話したので、ルイもそのことを知っているだろう。いまさら聞かせたところでどうなるものでもないが、言わずにはいられなかった。

「力が及ばず遺憾に思う。金品が慰《なぐさ》めになるとは思わないが……血で血を洗うような真似はして欲しくない。余生《よせい》を安全で豊かに過ごしてもらうこと以外に、償《つぐな》う方法が見つからないのだ」

おそらくバーディアンの血を啜った過去のある男の言葉は、とても重苦しく聞こえた。

ルイはさらに、「他に何か要求があれば言ってくれ」と続けたが、ユーリが言いたいことなど一つしかなかった。もしも口を開いたら、「仲間を返せ」と叫《さけ》んでしまうだろう。

どんなに声を張り上げたところで、何もかも、もう手遅れだというのに――。


午後十一時を回った頃、二階のゲストルームに細が来て夕食に誘われたが、ユーリはベッドに横たわったまま起き上がることすらできなかった。代わりに蒼真が上手く断ってくれたものの、細に対して失礼をしてしまったことは自覚している。しかし今は本当に具合が悪く、ルイと顔を合わせたり、共に食卓を囲んだりできる精神状態ではなかった。

「蒼真、其方だけでも食事に行ってくれ……せっかくの食卓が、淋しくなってしまうだろう？」

ユーリはベッドの端《はし》に座っている蒼真に向かって手を伸ばし、背中を軽く押してみる。

このまま一緒に居たい気持ちと、独りになりたい気持ちが鬩《せめ》ぎ合っていた。

「そんなこと気にしなくていい。だいたいあの二人は水入らずのがいいんだし」

「いや……それは……おそらく違うと思うぞ。紲殿は蒼真と馨様のために肉料理を作っていた。馨様が出ていってしまったのは、私のせいでもある。せめて其方は紲殿の料理をしっかり食べてくれ。微力ではあるが私も手伝わせてもらったのだ。霜降《しもふ》り和牛のローストビーフと、水を一切使わない赤ワイン煮のビーフシチューだぞ。私は味見できなかったが、きっと美味だと思う」

「そうか、それならちゃんと食べないとな」

苦笑混じりではあったが、蒼真は笑みを湛《たた》えた。そして額にキスをしてくる。

押し当てられた唇や、触れられた耳元から彼の優しさが伝わってきた。

一族の命運は尽《つ》きても、自分は申し訳ないくらい幸せだと思う。子を持てなくても構わないと思える相手と番うことができたのだから、本当に幸せだ——。

蒼真がダイニングに向かってしばらく経つと、現実が大波のように押し寄せてきた。

真実を仲間にどう伝えるべきか、物事の順番や説明を考えるだけで頭痛がしてくる。

執政官《しっせいかん》を始め、一族の者達は今頃揃って日本に来ているはずだ。鳥達からこちらの動きを逐一《ちくいち》聞いて知っている可能性が高かった。鹿島の森で蒼真と再会したことも、横浜に移動したことも、魔女の元情夫と接触したことも把握したうえで、今か今かと連絡を待っているかもしれない。

——鳥を呼び寄せ、第一報としてまずは雌の生死と、解放が可能か否かについて手紙で伝える約束になっていたが……とても無理だ。文章で伝えて済むような話ではない……。

ユーリはベッドから起き上がり、スタンドの灯りだけを点けた室内をゆっくりと歩く。

そうしているうちに、ふらつきや眩暈《めまい》が少しずつ解消されていった。気持ちも落ち着き始め、今夜は鳥を呼ばずに明日改めて連絡しようと心に決める。当初の予定とは違うが、「会って話がしたい」という伝言を鳥の足に結び、どうにか和解に持っていきたいと思った。

「——っ！」

重い溜め息をついた次の瞬間、突然ガシャーンと音がする。下の階からのようだった。

ユーリは咄嗟《とっさ》に振り返り、同時に悲鳴を耳にした。紲の声だ。そしてルイや蒼真の声が続く。

硝子が割れる音や家具が倒れるような音が連続して響《ひび》く中、ユーリは急いで部屋を飛びだした。

廊下に出ると、階下から聞こえる声が明瞭《めいりょう》になる。酷く慌てた様子で声を重ね合せ、「紲っ、危ない！」「鷲《わし》だ！」「鳥が石で硝子を！」「うわっ！」と口々に叫んでいる。

——鳥⁉　何故だ、何故鳥が……⁉

大階段を転がるように駆け下りたユーリは、蒼真達が居るはずのダイニングに向かった。

こんな夜更《よふ》けに鳥を動かしたり、石を使わせたりできるのはバーディアンしかいない。

しかし何故突然この屋敷を襲撃《しゅうげき》するのかわからなかった。自分はまだ何も報告していないのだ。

仮に応接室での会話を鳥が聞いていたとしても、言語として理解することはできないはずだ。

――っ、まさか……盗聴器《とうちょうき》を……鳥に仕掛けさせたのか？

高感度の盗聴器、或いはボイスレコーダーを窓際に置かせて盗聴するという手段は、危険ではあるが考えられる。バーディアンの生存を明らかにする覚悟があるなら、十分に使える手だ。

あの時は窓が開いていたし、鳥ならジャミング電波の隙を見つけることもできただろう。

獣人に懸想して堕天した自分のことなど、誰も信用していなかったということか――。

「蒼真……っ！」

ダイニングの扉を開けると、吹き抜けの広々とした空間が目に飛び込んでくる。

天井近くまで延びる大きな窓のうち、上部のステンドグラスだけが破壊《はかい》されていた。

大部分を占める透明《とうめい》硝子は防弾《ぼうだん》仕様のようで、激突した鳥の死骸《しがい》が大量に張りついている。

室内には夥《おびただ》しい鳥の群れが縦横《じゅうおう》無尽《むじん》に飛び交っていた。

優に数百羽は居るだろうか……黒い鳥、白い鳥、それらが血に染まった羽根を撒き散らす。

床には割れた硝子や食器、飾られていた薔薇の花が散乱していた。吸血鬼の赤い刃《やいば》や豹の爪が空《くう》を切って、罪《つみ》なき鳥の命を絶っていく。

「紲っ、どこかに隠れていろ！」

愛する番を庇《かば》って叫んだのはルイだった。鳥の襲撃に驚く段階を越えた彼は、自らの血を刃に変えて応戦している。攻撃力がないに等しい淫魔の紲は言われた通りソファーの陰に隠れたが、鳥達が狙っているのは明らかにルイと蒼真の二人だ。

「ルイ……ッ！　後ろ、気をつけて！」

『ユーリ！　鳥をなんとかしてくれ！　このままじゃ全部殺すことになる！』

豹に変容している蒼真は、室内を飛び交う大鷹《おおたか》に飛びかかる。翼を折るべく前脚で上から踏みつけたかと思うと、頭に咬《か》みついてブチリと引き抜いた。休みなく次の鳥に襲いかかるが、鳥の数が多過ぎて追いつかない。残酷《ざんこく》な攻撃を繰り返すのは悪魔側だけではなく、彼らが受けている傷も酷いものだった。血を刃や盾《たて》に変えられる吸血鬼とは違って、豹の体は傷だらけだ。眼球《がんきゅう》を守るために目を瞑《つむ》ったまま戦っており、宙には毟《むし》られた獣毛が舞い上がっている。

「やめろ……っ、蒼真に手を出すな！」

恋人と眷属の鳥達が戦う凄惨な光景を前に、ユーリは自分が取るべき行動に出た。

他の部屋に鳥達が行かないようダイニングの扉を閉め、胸いっぱいに血腥《ちなまぐさ》い空気を吸い込む。

割られた窓から続々と鳥が侵入するのを目にしながら、鳥避《とりよ》けの歌を歌った。

体の奥からそのための旋律《せんりつ》を引きだして、人間には聞き取れない高音で歌う。

ルイと蒼真が鳥を殺している目の前で背筋を正し、決められた音階を辿るのは至難《しなん》の業《わざ》だった。

何度も音がぶれてしまい、そのたびに立ち去ろうとした鳥が再び攻撃を始める。

腹の底から力を籠めて、バーディアンだけが出せる鳥の声で命じなければならないのだ。

彼らの脳《のう》に「吸血鬼と豹を攻撃せよ」と命じたであろう仲間達の歌に勝つには、より完璧な歌が要《い》る。洗脳《せんのう》を無効化し、新たな命令を確実に刷《す》り込む必要があった。

――鳥達が去っていく……私の歌は、負けてはいない……！

渾身《こんしん》の力を籠めて歌い続けたユーリは、鳥達が相次いで飛び立つ様を目にする。

それでも気を緩めずに歌い続け、生きている最後の一羽が去っても歌うのを止めなかった。

今頃この近くで様子を窺っている仲間達が、新たな命令を下すかもしれないのだ。或いは別の鳥の大群を差し向けてくるかもしれない。その気になれば、鳥はいくらでも呼べる。延々と送り込んで、ルイと蒼真が疲労困憊《ひろうこんぱい》するまで攻撃を続ける可能性もあった。

――バーディアンの力を見せつけて……そして、どうしようというのだ……。

終末の鐘《かね》を自ら打ち鳴らすような仲間の行為に、ユーリの目から涙が溢れた。

鳥避けの歌を歌いながら、惨殺《ざんさつ》された鳥の死骸や傷だらけの豹の姿に胸を痛める。

和解など元より無理な話だったのだろうか。雌が居ない時点ですべては終わりだったのか……それとも自分が全滅のあらましを聞きだしたりしたから、こんなことになってしまったのか。

『ユーリ……鳥が！　これまでよりデカいのが来てる！』

「紬！　窓のない部屋に行っていろ！」

「い、今……馨を呼んでる！」

ユーリは歌を止め、豹の蒼真が言う通りの光景に目を瞬かせる。

闇夜に白い鳥の大群が見えたのだ。それが白鳥に擬態したバーディアンだということに、次の瞬間誰もが気づいた。窓の上部のステンドグラスの幅は、約五メートル――壊《こわ》れずに残っている金属枠が邪魔にはなるが、飛び込む瞬間翼を閉じれば十分に侵入できるだろう。彼らに鳥避けの歌は効かない。洗脳ではなく、群れの総意でここに向かってきているのだ。

「逃げてくれ！　バーディアンは私の歌ではどうにもできない！」

ユーリは三人に向かって叫ぶが、誰も逃げてはくれなかった。

攻撃力のあるルイや蒼真からしてみれば、バーディアンを相手に逃げる必要などないのだ。

ユーリ自身も、二人が負けるとはまったく思っていない。逃げてと言ったのは、仲間が彼らに反撃されるのを避けたかったからだ。

床に散らばる大鷹や鴉や鴎《かもめ》の死骸を前に、ユーリは巨大な白鳥が殺される姿を想像する。

もしも吸血鬼の攻撃範囲内に入ったら、普通の鳥以上に容易に刃にかかってしまうだろう。

テーブルの下に滑り込んだ紲は携帯で電話をかけ続け、ルイは引き千切られたシャツの残りを破り捨てて新たな血の刃を形成する。蒼真も攻撃体勢を取り、『俺の毒香を使う！　全員風上《かざかみ》に移動しろ！』と思念で叫びながら豹としても吼《ほ》えた。

毒と聞いて怯《ひる》んだユーリは、この室内で最も風下と言える場所に立ったまま動けなくなる。

蒼真が毒を使えることなど知らなかった。威力がどれほどのものがわからないだけに恐ろしく、毒の充満《じゅうまん》した室内に仲間達が飛び込んできたらどうなるのか、それを考えるだけで体が震えた。

『ユーリッ！　こっちに来い！』

ルイや紲と共に窓の下に移動した蒼真の言葉に従えなかったユーリは、一羽目の白鳥が窓から侵入するのを風下で目にする。蒼真の思念が再び届いて、『麻痺《まひ》させるだけだ！　殺すわけじゃない！』と言われた時にはもう、弾丸《だんがん》の如《ごと》き勢いで白鳥がダイニングルームに入っていた。その嘴《くちばし》には、思いがけない物が銜《くわ》えられている。

「うわ……っ、なんか降ってきた！」

「紲！　私に掴まっていろ！」

『なんだよこれ、網《あみ》か⁉』

翼開帳四メートル級の白鳥は、嘴に魚網を銜えながら室内を飛び回る。

いくら吹き抜けで広いとはいえ、飛ぶには狭過ぎる空間の中で網を広げていった。

合成繊維《せんい》の丈夫な魚網は複数枚あり、十羽を超える白鳥達によって複雑に絡められる。

「こんな物で我々を捕らえるつもりか⁉」

ルイは紲を抱いたまま、頭上に伸しかかる重い魚網を切った。

しかし網は頑丈《がんじょう》で、そのうえ撓《たわ》んだ状態では酷く切りにくく見える。ましてやルイは紲を抱き寄せて放さないため、片手で苦戦していた。

「蒼真……っ、蒼真……すまない……待っていろ！　今なんとかするから！」

ユーリは最も難儀《なんぎ》している豹の許《もと》に駆け寄り、幾重《いくえ》にも重なった網を振り払おうとする。

ところが自身も網を被《かぶ》ってしまい、想像以上の重さに手足の自由を奪われてしまった。

そうこうしている間にも、窓の外から網を持たない白鳥が次々と侵入してくる。新たな白鳥は網の端を銜えると、低空飛行を繰り返しながら規則正しく室内を旋回《せんかい》した。

『うわ……っ、体が……！』

グルゥッ！　と豹が吼え、頭の中には蒼真の声が届く。大きな獣の体が、絡み合う網によって宙に掬《すく》い上げられた。暴れれば暴れるほど、四肢が網目に嵌って動きが取れなくなっている。

四足が地についていない状態は彼にとって酷く不安なものだということを、ユーリは今初めて痛感した。さらに切羽詰《せっぱつ》まった声を出した蒼真は、網の中で必死にもがいている。

「蒼真！」

ユーリとルイと紲の声が重なるが、誰も助けることができなかった。蒼真の体は新たに加勢に来た白鳥達によって、窓に向けてぐいぐいと引き上げられる。怨みの深さで言えばルイのほうが狙われるはずだったが、網の大半を切られたことと、彼が紲と二人で固まっていることもあって諦めたのだろう。最早、ターゲットは豹のみに絞《しぼ》られていた。

「ユーリさん！　無茶しないでくれ！　馨が来るまで待って！」

網から抜けだしたユーリが擬態化の体勢に入ると、まだ網に梃摺《てこず》っている紲が叫ぶ。

ルイからも「待ちなさい！」と止められたが、ユーリは黒鳥に変容した。

馨が飛行できるのは知っている。しかし空はバーディアンの領域だ。

紫眼の黒鳥になったユーリは、ステンドグラスの枠の間を抜けて夜空を翔《か》ける。

蒼真を助けられるのは自分だけだと思った。重たい豹を運ぶ白鳥の群れに追いつく自信はあり、これから起こることを予《あらかじ》め予測しながら飛ぶ。目一杯《めいっぱい》広げた翼で風を捉えながら、仲間達が豹に対して何ができるのかを考え、以前聞いた話を思いだした。攻撃力の低いバーディアンが悪魔を殺すのは困難だが、一つだけ殺傷能力の高い攻撃方法がある。

――海を越えて……上空から落とす気か……!?

自分が生まれる前、彼らは網にかけた悪魔を岩場に落として殺したのだ。

仲間を殺された復讐と防戦ではあったが、武勇伝《ぶゆうでん》として誇らしげに語られたのを憶えている。純血種以外の悪魔は自身に鉄壁の結界を張ることなどできず、もちろん飛ぶこともできない。極端に高い場所から落とされれば、人間と同じように死ぬのだ。

『蒼真を返せ！　その豹は私の番だ！』

我を失った仲間達の暴走を阻止《そし》するべく、ユーリは思念を飛ばす。

豹を運ぶ二十九羽の白鳥に追いついて、一旦蒼真の上を通過してから先頭の二羽に接近した。

網を銜えずに群れをリードしているのは、執政官と新王子のヴァジムだ。

『恥を知れユーリ！　金で魔族に買われる俺達ではない！』

『……っ、では彼らが他にできることがあると言うのか⁉』

『同じように絶滅することだ！　地面に叩き落とし、嘴で目を抉《えぐ》ってから殺してやる！』

『冷静になれ！　同胞を殺したのは女王の直系貴族であって、今の政権や蒼真には関係ない！』

『女王の愛人の言葉など信じられるものか！　奴らは金で釣《つ》って油断させたうえで、我らを一網打尽《いちもうだじん》にする気だ！　絶滅するとわかっている以上、我らの血は希少《きしょう》だからな！』

『それは違う！　彼らは約束を違《たが》えるような野蛮《やばん》なことはしない！』

白鳥のヴァジムと並んで飛びながら、黒鳥のユーリは彼と何度もぶつかり合う。ギィギィッと激しく囀《さえず》り、バランスを崩しては持ち直した。硬く鋭く変形させた嘴で鍔《つば》迫《ぜ》り合いを繰《く》り広げ、互いの羽根を毟り散らしながら戦い続ける。

『揃いも揃って、こんな真似《まね》は正気の沙汰《さた》ではないぞ！　人の目があることを忘れたのか⁉』

『最早そのようなこと問題ではない！　我らは絶滅するしかなくなったのだ！』

答えたのは先頭に飛びだした執政官だった。彼もまた、普段の冷静さを失っている。

真下は海だが、すぐ後ろには横浜港や国際客船ターミナルがあり、船やホテルも近い。白鳥の群れだけならまだしも、網で豹を運ぶ姿など決して人に見られてはならないものだ。そういった教えを幼い自分に教授《きょうじゅ》したのは彼らだったのに、最早完全に自滅に向かっている。

『蒼真を放せ！　今ならまだ……っ、まだ間に合うかもしれない！』

『間に合うものか！　俺達は滅びるしかないんだ‼』

再び嘴をぶつけてきたヴァジムと鬩ぎ合いながら、ユーリは群れが上昇していることに焦燥《しょうそう》を募らせる。すでに潮の香りが感じられなくなっていた。網の中の蒼真は爪や牙《きば》を使って網に穴を開けつつあったが、網目に深く嵌った後肢がどちらも緊縛《きんばく》状態になっている。

『ユーリッ、聞こえるか⁉　網はある程度破ったから、人型に戻れば抜けだせる！　海に落ちたくらいで死にゃしないから無茶すんな！　コイツら、お前にまで殺気を向けてる！』

蒼真の忠告を聞いて初めて、ユーリは自分も標的《ひょうてき》になっていることに気づく。

直接突いてくるのはヴァジムだけだったが、網を放したあとは他の個体も一斉に向かってくるだろう。悲しい話だが、望んで堕天した自分に怨む余地などないのだ。

『紫眼の豹が網を破る前に落とせ！　灯台《とうだい》の上に落とすのだ！』

執政官は上昇しながら群れに命じる。行く先には白い灯台が見えた。目を凝らすと、リベット打ちされた金属の灯台であることがわかる。天辺《てっぺん》には巨大な避雷針《ひらいしん》が槍《やり》のように鋭く立っており、土台にはコンクリートが使われていた。避雷針以外にも、鳥避けの棘《とげ》が至る所から生えている。

ユーリは蒼真を受け止めるためにあえて下降し、黒鳥から黒い翼を持つバーディアンへと姿を変えた。それと同時に、網の中の豹も人型に変わる。

蒼真の体毛は生来の黒になっていた。豹の毛皮がなくなったことで、猛禽類《もうきんるい》に負わされた傷の度合いがよくわかる。全裸の体は痛々しい生傷と血に塗《まみ》れており、そのうえ悪いことに、いくら足掻《あが》いても網目から片足が抜けなかった。

『今だっ、網を放せ！』

灯台の真上でヴァジムが命じ、網が一斉に放される。

蒼真は脱出用に開けた穴から完全に抜けだすことができないまま、網ごと空に放りだされた。

重たい網と共に上空から落ちてくる蒼真に向かって、ユーリは一気に加速する。

黒い翼を広げ、両手も広げて、蒼真の体を受け止めた。

「ぐあああぁ――っ‼」

ドンッ！　と激しい音がする。岩に激突したような衝撃が全身に走った。

自分の二倍の重みがある体を、この勢いで支えられるわけがなかったのだ。

胸を強かに打ったユーリは、声を上げた口から血を吐く。網が絡まって上手く飛べなくなり、蒼真と共に急下降した。重ねた体が猛烈《もうれつ》な勢いで回転する。

天地が曖昧になる中――空に向けて飛び散る赤い血珠《ちだま》が見えた。

どちらの血かわからないが、おかげで空と海の位置を把握できる。

　ユーリは蒼真の重みに負けて落ちていくが、それでも着地点の調整に挑《いど》んだ。海に落ちてから攻撃されると蒼真を引き上げられなくなるため、灯台の避雷針や鳥避けを避けてコンクリートを狙う。落ちる前に少しでも浮くことができれば、叩きつけられるようなことはないはずだ。

「あああ――!!」

　今度は意図的に声を振り絞り、ユーリは飛ぼうとする。しかし肺をやられて力が入らず、浮くことなく落ちてしまった。急下降を止められない自分が情けなくて、せめてとばかりに体を下に向ける。海から吹き上がる風は、夏なのに冷たかった。竜巻《たつまき》のように二人を呑《の》み込んでいく。

「ユーリ……」

　風の渦の中で、蒼真に名前を呼ばれた気がした。

　話せる状況ではないので幻聴《げんちょう》かもしれないが、その刹那《せつな》、蒼真がいきなり重心を移す。バランスを取りながら身を翻《ひるがえ》した彼は、網の重みまで利用して下側のポジションを取った。

　――蒼真……っ!?

　ユーリの視界を、灰色のコンクリートを背にした蒼真の顔が占める。

　ほっとしたような顔で、彼は背中から落ちていった。

　次の瞬間、鈍《にぶ》く……生々《なまなま》しく重たい、肉と骨の音がする。

　金属製の灯台を支えるコンクリートごと、大きく弾んだ感覚だった。

　叩きつけられた蒼真の体、そして、彼の上に覆い被さるように落ちた自分の体――全身の骨を肉ごと粉砕《ふんさい》されたような痛みだった。悲鳴も出ないほどの激痛が、砕《くだ》けた膝から伝わってくる。

『魔族を殺せ！　堕天した裏切り者を血祭りに上げろ！』

『皆の者っ、行くがいい！　四つの禍々《まがまが》しい紫眼を抉り取るのだっ!!』

上空からヴァジムと執政官の声が降り注ぐ。そして他の二十七羽が怨声《えんせい》を上げた。

その一方で、折り重なるユーリと蒼真の間はとても静かだった。

手足を強打したユーリも、そして横たわったまま動かない蒼真も、共に呻き声すら出せない。身じろぎもできず、ただ黙って痛みに耐えるばかりだった。蒼真の後頭部や背中から広がる血が、コンクリートを染めていく。じわじわと染《し》み込みながら、遠くまで赤黒い線を延ばしていった。

「……そ、う……蒼……真……蒼真……!?」

すでに意識を失っている蒼真を見下ろしながら、ユーリはようやく声を出す。

あれほど生き生きとしていた精悍《せいかん》な人が、こんなにも青白い顔をするとは思わなかった。

掌を当てた胸は熱く、心臓はドクドクと激しく鳴っているのに、肌や唇の色は死人のようだ。

「やめろ……！　もうやめてくれ！　殺すなら私を殺せ——!!」

ユーリは四つん這いになって愛しい体を覆い隠し、空に向かって叫ぶ。

命が抜けるような血溜まりの中で、白鳥の大群を睨み据えた。猛禽の如く尖らせられた嘴が、怖くて憎くて堪らない。白い翼もぎらぎらと光る翡翠《ひすい》の瞳も、今はすべてが恐ろしかった。

共に暮らしてきた仲間のはずなのに、最早敵にしか見えない。蒼真を傷つけるなら、その長い首をすべて斬《き》り落としてしまいたい。もしも自分に魔力があったなら、どれほど残酷《ざんこく》な攻撃でもするのに！　蒼真を守るためなら、どんな罪でも犯すのに！

「蒼真！」

二十九羽の白鳥に攻撃される――その寸前、ユーリは聞き覚えのある声に耳を打たれる。

蒼真と呼んだその人は、港側から飛んできた。空を翔けて、白鳥の群れへと向かっていく。

「この糞《くそ》バーディアンが！　身の程を知れ！」

上空で起きた一瞬の戦いに、ユーリは目を疑った。正確には戦いではなく、一方的な私刑《しけい》だ。

自らの血で翼を形成して飛んできたホーネットの王は、十本の指先から柔軟《じゅうなん》な血の刃を伸ばし、瞬く間に白鳥の翼を斬り落とした。

「――あ……あ……っ、う、あ……」

白鳥の阿鼻叫喚《あびきょうかん》、飛び散る血と白い羽根を前に、ユーリは制止の言葉も出せずに慄然《りつぜん》とする。

どこまでも伸びる細い帯《おび》のような刃――しかしそれは、鋼鉄の如く硬いのだ。飛行する白鳥を一度に何羽も捕まえて、それぞれの片翼《かたよく》の根元を引き絞《しぼ》る。糸で捩じ切る要領で骨ごと断って、次から次へと海に沈めていった。逃げる個体もいたが、一切の容赦《ようしゃ》なく捕らえていく。

――なんて、なんてことを……っ、翼を……断つなんて……！

まるで自分の翼を捥《も》がれたかのように、痛みが背中に伝わってきた。どれほど痛いか苦しいか、身に沁《し》みてわかるのだ。翼を片方でも失ったら、バーディアンは二度と飛べない。生還《せいかん》しても、これから先の人生は大地に縛られることになるだろう。魔族や人間のように――。

「……っ、生きてくれ……それでも、生きて……！」

最後の一羽が海に落ちた瞬間、ユーリは声の限りに叫んだ。

誇りを捨ててでも、生きていて欲しかった。屈辱を受け入れながらも、生を選んで欲しい。絶滅に向かうしかない種ではあるが、まだ生きていられるはずだ……殺されたわけではない。生きていれば出会えるかもしれない幸福、再び起こるかもしれない奇跡《きせき》を願って、どうかまだ生きていて——そんなユーリの願いも虚《むな》しく、白鳥の群れは沖へと向かう。その隊列を乱す者はなく、片翼の白鳥は迷いなく水を掻いた。

「……待って……待ってくれ、どうか……戻って……」

執政官、政務官《せいむかん》、ヴァジム、ヨシフ、ロマン——次々と頭の中に名前が浮かび、顔も浮かぶ。今になって思いだすのはよい記憶ばかりだった。幼少期に遊んでくれた仲間達、丁寧《ていねい》に言語を教えてくれた執政官と政務官。昨日のことのように鮮明《せんめい》で、しかし懐《なつ》かしい思い出だ。

「蒼真……っ、蒼真！」

馨の声が聞こえた。蝙蝠《こうもり》の如く伸縮する飛膜《ひまく》の翼を背負った馨が、蒼真の許に降りてくる。千年の寿命を持つ一族の終焉《しゅうえん》など、彼にはどうでもいいことなのだろう。鳥の姿をしていても、高い知能も心もある生き物だということを、わかってくれているだろうか。バーディアンの翼を落とすことが死と同義であることを、彼は知っていてやったのだろうか。

——私に力があったら……蒼真のために、どんな罪でも犯すつもりだったのに……。

想像と現実の違いに、ユーリは自分の弱さを知る。馨と同じだけの力があったら、自分も同じことをしただろうか？　おそらく答えは否だ。仲間を葬《ほうむ》るに等しい真似はできず、きっと二人で死ぬ道を選んでしまっただろう。生きて幸福になる道を捨てて、身勝手に死に逃げて——。

──残酷になり切る勇気もない……そんな私が、どうして馨様を責められるだろうか……。

沈黙《ちんもく》を守るユーリの前で、馨は蒼真の左手を摑んで自らの左手首と擦《こす》り合わせた。

最初は何をしているのかわからなかったが、輸血をしているのだと気づく。その証拠《しょうこ》に蒼真の顔は目に見えて生気を取り戻し、唇の色もよくなっていった。瞼や眉が、微《かす》かに痙攣《けいれん》する。

「──手を出した相手が悪過ぎたな。俺の父親に怪我《けが》させて、紲の気に入ってたダイニング滅茶《めちゃ》苦茶《くちゃ》にして、そのうえ蒼真にこれじゃ……恩情《おんじょう》かける余地がない。どう考えても自殺行為だ」

「馨様……」

「蒼真に手を出す奴は許さない。誰の力も借りず、俺がこの手で確実に始末する」

馨は含みのある言いかたで決意を語り、血液で形成した翼を赤い霧《きり》に変えて散らした。

コンクリートの上に膝をついた姿勢で、蒼真とユーリに絡んだ魚網をいとも簡単に切る。

過去に何かあったのだろうかと思うと、かける言葉がなかった。

力を持つ者にも負う痛みはあり、弱者の苦痛が強者に伝わらないように、弱者に強者の想いは届かないのかもしれない。明確なのは、自分には蒼真を救えず、馨には救えたという事実だ。

「蒼真の番になるなら、それは魔族になることと同じだ。ホーネット城で死んだ仲間の無念も、アイツらのことも全部忘れて笑ってろ」

馨は死の行進を続ける白鳥の群れに目をやりながら、確かに「笑ってろ」と、そう言った。

「お前が笑わないと蒼真が窮屈《きゅうくつ》だろ。何も考えてないようで意外と考えてるし、わりと敏感《びんかん》だ。蒼真より大事なもんがあるなら、さっさと別れて独りで泣いてろ」

馨は言うだけ言うと、上半身裸のジーンズ姿でスッと立ち上がる。

ポケットから携帯を取りだし、「クルーザーで帰るから翼隠せよ」と言ってきた。

その通りにしている最中画面がちらりと見え、父親にメッセージを送信しているのがわかる。

応接室では衝突していたが、今は特に蟠《わだかま》りはないようだった。蒼真の言っていた通り、本当によい息子なのだろう。蒼真が気を失っているうちに邪魔な恋敵《こいがたき》を消すという考えもないようで、至極《しごく》当たり前に、ここにバーディアンが存在することを許してくれている。

「蒼真より大事なものなんてありません。助けていただき、ありがとうございました」

「──お前を助けたわけじゃないし、蒼真のことで他人に礼を言われる覚えはない。俺はお前を蒼真のダッチワイフくらいにしか思ってないからな。調子に乗んなよ」

馨は冷めた口調ながらも目で凄み、踵を返してコンクリートの果てまで進む。

忌々《いまいま》しげに舌を打つと、今や遠い横浜港を見据《みす》えてクルーザーの到着を待った。

蒼真と瓜二《うりふた》つの背中には拒絶のオーラが張り巡らされ、見ているだけで肌が粟立《あわだ》つ。

──そんなもので終わる気はありません……そう言う資格が、今の私にはない。貴方《あなた》のように蒼真を守ることもできず、細殿のようにすべてを知っているわけでもなく……。

それでも……それでも彼を愛しているのだ。守れなくても、弱くても、それでも愛している。

時をかけて想いを紡《つむ》ぎ、誰にも負けないくらい強い絆を固めたい。快楽を齎す美味な餌として始まったとしても、この体で、この声で、この愛で──いつの日か……。

エピローグ

二日後の午後、旧軽井沢、鹿島の森——ユーリは蒼真と共に横浜を出て、李家の屋敷で暮らし始めていた。とはいえ今は二人きりではない。大学が夏休みに入っていたこともあり、馨と紲もキャンピングカーで一緒に移動したのだ。一週間ほど四人で過ごすことになっている。

一方ルイは横浜のスーラ邸に独り残って、ダイニングを中心とするリフォームと、屋敷全体のセキュリティシステムの強化に当たっていた。屋敷を最初に改築した時点で、見た目を重視して防弾仕様になっていない硝子部分を残したことや、結界に頼っていたために盗聴防止システムに隙があったことを、彼は甚《いた》く悔やんでいるらしい。

「無粋《ぶすい》な物を避けてたのは俺もなんだけど、安全が一番だから今度の窓はこんな感じにした」

蒼真の部屋に二台並べたベッドの隙間で、紲がタブレットを見せてくる。

まずは興味のなさそうな蒼真にちらりと見せ、そのあとユーリにじっくり見せた。

「モダンな窓で美しいな……これなら無粋な印象も受けない」

ユーリは上体部分を起こした電動ベッドの上で、リフォームのイメージ画像を見て微笑む。

目の前には、ベッドを跨《また》ぐ形で設置されたキャスター付きのアーチ型ベッドテーブルがあり、その上には豆乳《とうにゅう》と枝豆《えだまめ》のパンが載っていた。紲曰《いわ》く、野菜をあまり好まない息子のために考えたパンで、夏になると作るらしい。枝豆をすり潰して練り込んである、やさしい黄緑色のパンだ。

「ところでこの枝豆のパン、食感が大変よく美味だな。作りかたを教えていただきたい」

「本当？　よかった。もっちりしてて俺も大好きなんだ。野菜が見えないと馨も結構食べるし。ユーリさんもどんどん食べて早く骨くっつけないと」

紲はユーリの足に目を向けながら、「元気になったら一緒に作ろう」と言って笑う。

食事の支度の他に、包帯を取り換えたり体を拭《ふ》いたり、紲は献身的に世話を焼いてくれた。

スーラ邸には部屋がいくつもあるので、紲がこの屋敷に来たのはリフォームの都合ではなく、蒼真とユーリの看病のためだ。

蒼真は頭蓋骨《ずがいこつ》と背骨の損傷、左腕の複雑骨折、ユーリは両膝両腕に罅《ひび》が入り、どちらも安静にしていなければならない。怪我を負った時点では蒼真のほうが深刻な状態だったが、馨の血液によって飛躍的に回復した蒼真に比べて、穀物を摂取して治すしかないユーリの回復は遅れていた。どうにか手を動かせるようになったものの、膝が痛くてあと数日は歩けそうにない。

「迷惑《めいわく》ばかりおかけして申し訳ない。紲殿には心より感謝している」

「ユーリさん……」

大切な屋敷を滅茶苦茶にし、軽傷で済んだとはいえ夫君にも怪我を負わせ、そのうえこうして世話になっていることに居た堪《たま》れなくなったユーリは、ベッドの上で頭を下げた。

「そんなの、全然いいから。元々魔族が悪いんだし、気にせずゆっくり休んでくれれば……」

紲はユーリが仲間を失ったことや、彼らを死に導いたのが自分の息子であることを思いだしたらしく、俄《にわか》に笑顔を曇《くも》らせる。

そんな紲を見ていたユーリの脳裏に、「全部忘れて笑ってろ」という馨の一言が過ぎった。謝罪や感謝の言葉は時に自己満足となり、痛々しい記憶を呼び覚まして空気を重くしてしまうことに気づかされる。馨の言う通り、忘れた振りをして笑っていなければならないのだ。

「先程……玄関から誰か出ていったような音がしたが、馨様がどこかへ行かれたのだろうか」

ユーリは紲の気分を変えなければと思い、自分から話題を振ってみた。

「ああ、うん。また出かけたみたいで。昨夜《ゆうべ》高校の時の友達と遊ぶとかなんとか言ってたから、友達に会いにいったのかも。たぶん近所に居ると思う」

「そうか、馨様はずっとこちらで育ったのだったな。風光明媚《ふうこうめいび》な場所で、愛情豊かに伸び伸びとお育ちになったのがわかる。よい意味でとても人間らしく、立派な息子殿だな」

「いや、そんな……お育ちっていうほど丁寧じゃないし、蒼真の飴《あめ》と鞭《むち》で育った感じだけど」

謙遜《けんそん》する紲を前にしながらも、ユーリは馨に対する紲の愛情と誇りを感じ取っていた。

それと同時に、馨の気持ちも考えてしまう。軽井沢に来てから出かけてばかりいる彼は、この状況で蒼真や自分と一緒に居たくないのだ。しかし紲のボディーガードを父親から頼まれているため遠くには行けず、紲の言う通り近場で気晴らしをしているのだろう。

「紲、俺はもう治ったんで今夜から通常食にしてくれ」

「それはいいけど、出歩くのも変容するのもまだまだ禁止だからな。頭蓋骨割れたんだし、腕のギプスも取れてないし、油断しないでちゃんと治さないと」

二つのベッドの間に居る紲に、蒼真は「んー」と気のない返事をする。

紲はキッチンから持ってきたワゴンに食器を移し、ベッドテーブルを片づけてから出ていった。扉を閉める前に、「馨は夕食まで戻らないと思うし、俺も散歩に行くから……」と言われたため、ユーリは気まずい沈黙を感じてしまう。

この部屋にベッドを入れると言ったのは蒼真なのに、彼は昨日からどこかおかしかった。起きていてもテレビを点けたり本を読んだりすることもなく、背中を向けてばかりでほとんど話しかけてこない。黙っていると仲間が海に散った瞬間を思いだして、どうしても気鬱《きうつ》になってしまうユーリは、それでも蒼真の体調を慮って声をかけるのを控えていた。

──私だけではなく紲殿にも素《そ》っ気《け》ないし、まだ具合が悪いのだろうか……。

蒼真は「振り回されるのも悪くない」と言ってくれたが、それは体調がよい時の話であり、今はそっとしておくべきだろう。そう判断したユーリは、彼に背を向けて窓の外を眺《なが》めた。

カーテンが開け放たれており、透明度の高い硝子の向こうに鹿島の森が見える。

午後の陽射しは強かったが、空調の効いた室内では太陽の熱を感じなかった。

──触れたいな……寒いわけではないが、蒼真の肌に触れたい……。

人型でも豹でも、どちらでもいいから触れたい。

腕も足も痛くて自力で歩くのは難しいが、隣のベッドに潜《もぐ》り込むくらいのことはできる。そんな甘えかたをしたら、蒼真は受け入れてくれるだろうか。気まぐれなネコ科の獣人らしく、ぷいとどこかへ逃げてしまったり、気を使って無理に構ってくれたりするものなのか……きっと紲なら蒼真の気持ちがわかるのだろうが、自分にはまだわからないことだらけだ。

「よし、完成」

窓の外の木漏れ日《こもび》を見ていたユーリは、蒼真の声に振り返る。

つい今し方まで機嫌《きげん》が悪いようにも感じられたというのに、やけに晴れ晴れとした声だった。

「蒼真?」と声をかけようとした時にはもう、彼は自分のベッドから下りている。

ギプスを嵌めた左手を庇いつつ、ユーリのベッドにのそりと上がった。

「蒼真……何が完成なのだ?」

「指輪。怪我したあと一旦返してもらっただろ?」

蒼真はガウン姿でユーリの毛布を捲《めく》ると、隣に並んで左腕を見せてくる。

ギプスで覆われていて指もほとんど出ていない状態だったが、包帯部分をぐいっと捲った。

元々は紲の中指用として……そして今はユーリの薬指用となった指輪が、蒼真の小指の途中で止まっている。大雀蜂と十字架――かつて天敵だったホーネット教会の紋章が刻まれた指輪の中央で、真紅《しんく》の貴石が輝いていた。ルビーと見紛うばかりの、血の石だ。

「……っ、血液を、固めたのか?」

「そう、吸血鬼みたいに血を操《あやつ》れるわけじゃないから、たったこれだけの量でも丸二日集中して魔力を注ぎ込んで、やっとカチカチ。けどこれ、なかなか綺麗だろ?」

「……ああ、とても綺麗だ」

ユーリは身を寄せてくる蒼真の体温を感じながら、左手の薬指に指輪を嵌めてもらう。

これで正式に彼の番になったのだ。

狩る者と狩られる者、あまりにも違う立場に生まれながら、運命に導かれて結ばれた。

堕天しようと魔族の紋章を身に着けようと、自分は自分。愛を求めて選び取った運命だ。

「俺達が番でいる限り、誓《ちか》いの石は溶けない」

「――蒼真……ありがとう」

蒼真の両手で左手を握られたユーリは、そんな状態で何かに肩を引き寄せられる。

驚いて一瞬びくついてしまったが、背後からぬっと現れたのは撓《しな》る豹の尾だった。

骨に負担をかけないため変容してはいけない蒼真が、尾だけは出して肩を抱いてくる。

「……ん……ぅ」

驚いているうちに唇を塞がれ、尾の力で引き倒された。

キスをしながら胸に触れられると、瞬く間に乳首が勃《た》ち上がってしまう。

唇を上下共に崩されながら舌を起こされ、絡められたり唾液を吸われたり、彼のキスは本当に気持ちがいい。シルクのガウンの上で指の腹をつるつると滑らせられると、弄《いじ》られた乳首がますます硬くなった。蒼真の情熱に炙《あぶ》られて、体が熱を帯びていく。

「――ふ……んっ、う……」

指だけでは足りなくなったのか、蒼真は身を沈めて胸に唇を寄せてきた。

光沢《こうたく》が屈折《くっせつ》した所を的確に舐め、突起を舌先で軽く弾く。

「あ……っ、蒼真……」

唾液《だえき》で濡れたシルクが、乳首にぺったりと纏《まと》わりついた。

蒼真はその変化を愉しむようにしばし視線を注いでから、おもむろに甘噛《あまが》みしてくる。上下の歯列で乳首を挟み、硬く尖らせた舌先で連続して弾かれると、もう堪らなかった。電流のような刺激《しん》が下腹に伝わり、ユーリは絶えず嬌声を漏らしてしまう。両膝がひくひくと震えだし、雄は芯が通ったように硬く聳《そび》えた。

「は……ぁ、あ……っ」

いくら吸っても胸から体液は出ないのに、腰紐を解かれて肌を暴《あば》かれ、直接吸《す》われる。もう片方の乳首はシルク越しに、指や爪を使って捏《こ》ね回された。

おかげで左右の乳首が同時に勃起《ぼっき》し、周囲の皮膚まで疼きだす。

何も出ない乳首の代わりに、雄の先からねっとりとした蜜が垂れ始めた。

蒼真の体に覆われて見えないが、無色ではなく白濁《はくだく》が混じった濃厚《のうこう》な蜜だ。

「つ、う……ん……」

絶頂を向かえずして半分射精する――そんな快楽に震えるユーリは、望まれるまま足を開く。

胸から臍《へそ》のほうへと下がっていった蒼真に、腹に散った精液を舐め取られ、そのまま性器までしゃぶられてしまった。以前と同じように、管《じゃ》に残った残滓《ざんし》を吸い上げられる。

「――あ、ぁ……っ……」

蒼真は片手を伸ばして乳首を摘《つ》まんだまま、ユーリの雄をぺろりと舐めた。

続けてまた腹部を舐めたり胸を舐めたりしていたが、味わうだけで満足したのか……それとも怪我のことがあって遠慮《えんりょ》しているのか、胸に顔を埋《うず》めてゆったりと戯《じゃ》れてくる。

どうやら心音を聴いているようだった。睫毛を伏せ、ユーリの鼓動《こどう》に合わせて尾を振りだす。

尾てい骨から伸ばしたそれをマットに叩きつけ、シタンッシタンッとリズムを取った。

「蒼真……なんだか歌いたくなってしまった。感極まると……どうしても、そうなる」

懐《なつ》いてくる蒼真の髪を撫でていると、とても幸せな気分になって……そのくせまだ悲しくて、
ユーリの胸は歌いたい気持ちでいっぱいだった。馨に言われた通り、蒼真の前で笑っているには
どうしたらいいのだろう――そう考えると、今の自分には歌しかないのだと気づかされる。戦う
ことも守ることもできないけれど、蒼真に捧《ささ》げる愛を歌い、誰よりも癒せる漆黒の鳥でありたい。

「天まで届くほどの声で、この幸せを歌いたい」

懸命に微笑んでみせたユーリは、顔を上げた蒼真と視線を繋げる。

重みのある尾を宙で揺らした彼は、すぐには答えずに窓のほうを向いた。

そこから射し込む光に黄金の髪を輝かせながら、蒼真は笑い、そして真剣な顔をする。

「それなら、まずは鎮魂歌《レクイエム》を――泣くだけ泣いたあとは、俺のために歌ってくれ」

「蒼真……」

「大丈夫だ。いつかきっと、本気で笑える日が来るから」

答える間もなく抱き寄せられ、熱い胸を重ねられる。

おそらく彼は知っているのだ。仲間を失う悲しみと、それを乗り越えて先に進む方法を――。

そしてユーリは、声高らかに鎮魂歌を歌う。涙を流して歌い切ったそのあとは、新しい人生の
幕開けを歌おう。蒼真と共に翔ける、薔薇色の人生を祝《しゅく》して。

あとがき

こんにちは、犬飼《いぬかい》ののです。本書をお手に取っていただきありがとうございました。

本書は『砕《くだ》け散《ち》る薔薇《ばら》の宿命《しゅくめい》』『乱《みだ》れ咲《さ》く薔薇の宿命』『焦《こが》れ舞《ま》う薔薇の宿命』『咲《さ》き誇《ほこ》る薔薇の宿命』『悪魔《あくま》のバカンス（ラブ・コレ9thアニバーサリー）』に続くスピンオフ作品になっております。

薔薇の宿命シリーズを未読の方にもお読みいただけるよう、魔族の細かい設定は極力書かずに仕上げました。ルイや紲《せつ》と血が繋がっていない蒼真《そうま》が馨《かおる》の伯父である理由や、ルイと紲の愛の日々や蒼真の活躍など、ご興味がありましたら是非本編をお手に取ってください。

カップリングに関してですが、これまで応援してくださった皆様から色々なご意見をいただきまして、一年以上考えた結果、リクエストの一つであった「蒼真×新キャラ」となりました。

私の脳内でユーリと一緒に居る蒼真が凄く幸せそうなので、これでよかったんじゃないかなと思っていますが、如何でしたでしょうか？

因みにバーディアンに関しては救いのある展開を用意してありますので、機会があればまた。ユーリが蒼真の卵を産むとかではないので、どうぞご安心ください。あとは、馨ですね……。

最後になりましたが、美し過ぎるイラストを描いてくださった國沢智《くにさわとも》先生、ご指導くださった担当様、関係者の皆様、そしてそして、本編からずっと応援してくださっている読者様と、今回新たに読んでくださった読者様に心より感謝致します。本当にありがとうございました。

Lovers Label

慈愛の翼～紫眼の豹と漆黒の鳥～

ラヴァーズ文庫をお買い上げいただきありがとうございます。
この作品を読んでのご意見・ご感想をお聞かせください。
あて先は下記の通りです。

〒102－0072
東京都千代田区飯田橋2-7-3
(株)竹書房　ラヴァーズ文庫編集部
犬飼のの先生係
國沢 智先生係

2014年2月1日
初版第1刷発行

●著　者
犬飼のの ©NONO INUKAI
●イラスト
國沢 智 ©TOMO KUNISAWA

●発行者　後藤明信
●発行所　株式会社　竹書房
〒102－0072
東京都千代田区飯田橋2-7-3
電話　03(3264)1576(代表)
03(3234)6246(編集部)
振替　00170-2-179210
●ホームページ
http://bl.takeshobo.co.jp/

●印刷所　共同印刷株式会社
●本文デザイン　Creative·Sano·Japan

ISBN 978-4-8124-9846-0　C 0193